N & K

Marjaleena Lembcke

# Liebeslinien

Nagel & Kimche

Für Hans und Marko

Die Schreibweise entspricht den Regeln
der neuen Rechtschreibung.

1 2 3 4 5 10 09 08 07 06


Umschlaggestaltung: Hauptmann und Kompanie
Umschlagbild: © Michael Ebert/Buchcover.com
Herstellung: Meike Harms und Hanne Koblischka
Satz: Filmsatz Schröter GmbH
Druck und Bindung: Friedrich Pustet
Printed in Germany
www.nagel-kimche.ch
ISBN-10: 3-312-00966-9
ISBN-13: 978-3-312-00966-4

**Saulis Kopf** liegt schwer auf Aulikkis Brust. Vorsichtig bewegt sie sich, um besser atmen zu können. Sauli hebt den Kopf und fragt: »Was ist?« Aulikki antwortet nicht.

Tanta Tiina redet sehr laut. »Einen Krankenwagen, schnell!«

Die Straßenbahn rattert. Aulikki hört das Martinshorn. Dann verstummen alle Geräusche.

Sie wird hochgehoben, neu eingebettet, getragen. Das Bett schaukelt wie ein Boot auf den Wellen.

Aulikki spürt, wie ihr Körper leicht wird. Sie schwebt über der Matratze. Ihre Lippen fühlen sich taub an. Sie versucht zu sprechen. Sie sagt: »Ich sterbe.«

»Hier wird nicht gestorben«, erwidert eine fremde Männerstimme. Irgendetwas sticht sie in die Arme, in die Fußgelenke, dann spürt sie eine Nadel am Hals und sieht sich nackt auf dem Sand liegen. Ihr ist heiß. Der Kopf einer Frau schiebt sich vor die Sonne. Aulikki friert und jemand deckt sie mit einer roten Decke zu.

Sie liegt in einem weißen Raum. Die Wände des Zimmers sind weiß, der Schrank in der Ecke ist weiß gestrichen und das Metallbett, auf dem sie liegt, ist auch weiß. Vor den Fenstern sind Gitter. Sie schneiden das Blau des Himmels in Quadrate. Um einen Tisch herum sitzen drei Frauen.

»Ich habe Durst«, sagt sie.

Drei Hände greifen nach der Karaffe. Aulikkis Mutter schnappt sie sich und gießt Wasser in ein Glas. Sie bringt das Glas zum Bett. »Trink, mein Kind.«

Sie lächelt die Mutter dankbar an. Dann schaut sie zu den zwei anderen Frauen hinüber. Eine Dame in einem altrosa Kleid. Die Taille ist eng geschnürt, der Rocksaum reicht bis an die Schuhspitzen. Sie trägt Seidenschuhe. Ihre Augen sind dunkel, die Haare üppig, ein paar Locken fallen ihr in die Stirn und auf die Schläfen, ein lockerer Knoten lugt im Nacken unter einem kecken Hut hervor.

Emma Bovary, so sieht sie also aus, denkt Aulikki.

Die dritte Frau trägt einen kurzen, roten Rock und eine schwarze, ärmellose Bluse.

»Als du noch klein warst, leckte ich die Seife aus deinen Augen, damit sie nicht tränten. Und jetzt weinst du dir die Augen aus dem Kopf«, sagt Aulikkis Mutter vorwurfsvoll.

»Deine Lippen sind blau«, sagt sie.

»Die Häuser sind kalt. Trink, mein Kind.«

Aulikki erinnert sich jetzt an die dritte Frau, aber nicht an ihren Namen. Sie sind sich begegnet, als Aulikki Eis in einem Kiosk am Hafen verkaufte. Jeden Tag hatte die Frau ein anderes Buch dabei.

Einmal fragte Aulikki sie, was für Bücher sie so eifrig lese.

»Krimis«, hatte sie geantwortet.

»Sind sie gut?«

»Ähnlich wie das Leben. Der Anfang ist aufregend, die Mitte zieht sich hin und das Ende kennt man, aber man tut so, als wüsste man es nicht.«

»Woran bist du gestorben?«, fragt Aulikki.

Die Frau lacht. »Ich bin doch nicht tot.«

Die Mutter singt: »Hat den roten Mund geküsst, hat ihr die Tränen aus den Augen gepflückt.«

Die Dame in dem altrosa Kleid steht auf. »Sie sollten das

Arsen nicht nehmen!«, ruft Aulikki ihr nach, als sie die Tür öffnet. Die Frau wendet sich ihr zu, neigt den Kopf leicht und lächelt spöttisch.

»Die Tage werden kälter«, sagt ihre Mutter und Aulikki sieht, dass sie nur ein Nachthemd anhat. Sie will ihr die rote Decke anbieten, aber als sie den Mund öffnet, sieht sie die Mutter nicht mehr. Die Frau vom Hafen sitzt noch am Tisch und lackiert sich die Fingernägel.

»Die Toten sind fort«, sagt Aulikki.

»Aber nie für lange«, sagt die Frau.

»Meine Mutter hat mich immer eingeschüchtert. Ich fand nie die richtigen Worte, wenn sie mich ansah. Gibt es sie überhaupt, die richtigen Worte?«, fragt Aulikki.

»Wohl kaum«, antwortet die Frau und betrachtet kritisch ihre Fingernägel. Sie hebt eine Hand vor das Fenster. Als sie die Finger krümmt, sieht es aus, als würde sie sich an den Gittern festkrallen.

Der Name der Frau fällt Aulikki wieder ein. Sie heißt Liisa.

Plötzlich sieht Aulikki Sauli wieder. Er steht auf den Gleisen. Eine Straßenbahn nähert sich. Sie will ihn warnen, aber es ist zu spät. Die Bahn fährt auf ihn zu. Sie schließt die Augen. Als sie die Augen wieder öffnet, steht Sauli immer noch da. Er breitet die Arme aus. Aulikki will in seine Arme laufen, aber er ist verschwunden. Auf den Gleisen liegt ein weißes Stück Papier. Sie hebt den Zettel auf. Petri hat angerufen, steht darauf.

Sie will Liisa von Sauli erzählen, aber auch der Stuhl ist leer.

Aulikki ist allein.

**Im Sommer** verkaufte sie Eis in einem Kiosk am Hafen.

Im Herbst suchte sie Pilze. Auf dem Moos lagen gelbe Birkenblätter, sie bückte sich, weil sie glaubte, Pfifferlinge gefunden zu haben. Sie wusste, dass es im September keine Pfifferlinge mehr gab. Aber immer wieder bückte sie sich, ließ sich von den Blättern täuschen. Sie fand eine Menge Steinpilze.

Als sie den Korb fast voll hatte, sah sie ein paar große Fliegenpilze und nahm sie mit.

»Willst du mich vergiften?«, fragte ihre Stiefmutter.

»Wieso dich?«, sagte sie. »Die sind für mich.«

»Willst du dich vergiften?«

»Vielleicht«, sagte Aulikki und zuckte die Schultern. »Vielleicht« sagte sie oft. Sie wollte sich nicht festlegen. Sie fühlte sich unsicher in den Räumen der Sprache, wo die Lügen und Wahrheiten ständig den Platz wechselten und andere Bezüge bekamen wie Stühle, die man mal hierhin, mal dorthin rücken und neu beziehen konnte, je nach Lust und Laune.

Als sie »vielleicht« sagte, flackerten die Augen der Stiefmutter hilflos, sie wusste nicht, wo sie hinschauen sollte. Für einen Moment tat sie Aulikki leid.

Ihre Stiefmutter ist die jüngere Schwester ihrer Mutter. Sie ist eine schwächere und kleinere Kopie der Mutter. Die Augen von Aulikkis Mutter hatten nie einen Punkt gesucht, an dem sie sich festhalten konnten. Sie war der Punkt gewesen, um den sich alles drehte.

Aulikki warf die Fliegenpilze auf den Komposthaufen und putzte die anderen. Laina setzte die Pfanne auf den Herd und klatschte einen Batzen Butter hinein. Die Butter zischte und wurde sofort braun. Sie nahm Aulikki die geschnittenen Pilze ab, ohne sie anzusehen, und schob sie von dem Holzbrett in die Pfanne. Sie sah ihr zu. Laina mochte es nicht, wenn man ihr beim Kochen zusah. Sie konnte nicht kochen. Ein Schnitzel und ein paar Pilze kriegte sie hin, aber auch die wurden meistens schwarz und zäh.

Aulikkis Mutter hatte mit Dill und Möhren gefüllten Fisch im Ofen gebacken und Hasenrücken mit Speck gespickt und am Sonntag gab es Suppe als Vorspeise und einen Nachtisch. Und alles gelang ihr. »Man muss nur wissen, was man tun will«, sagte sie, als der Vater ihr Essen lobte. Laina wusste es nicht. Auch ihre Stimme war unsicher, verlief sich bei der Suche nach den geeigneten Worten. Sie sprach nicht klar und deutlich, manchmal musste Aulikki ihrer Stimme nachlaufen und verstand sie immer noch nicht, weil sie sich verhaspelte.

Aulikki konnte auch nicht erzählen. Sie fing an einer Stelle an und fuhr an einer anderen Stelle fort, die zu der ersten in keinem Zusammenhang stand.

Sie deckte den Tisch. Die Teller mit den blauen und goldenen Streifen am Rand hatte sie noch mit ihrer Mutter ausgesucht. Das war das Geschirr für Sonntage und für die Feiertage. Laina sah die Teller an und öffnete den Mund, aber dann sagte sie doch nichts. Aulikki nahm das Besteck mit den eingravierten Rosen am Stiel und Laina fragte: »Feiern wir heute etwas Besonderes?«

»Wer weiß«, antwortete sie.

Beim Essen fragte der Vater: »Gibt es Probleme?«

Er sah in Aulikkis Richtung, aber nicht in ihre Augen. Sie sah auf ihren Teller und antwortete: »Nicht, dass ich wüsste.«

»Wann gibt es keine Probleme«, murmelte Laina.

Der Vater saß am Tisch mit einem runden Rücken.

Die Mutter hatte immer gemahnt: »Raus aus dem Kreuz!«

Sofort hatte sich der Vater gereckt, aber wenn niemand auf ihn aufpasste, saß er krumm da.

»Du könntest dir eine Arbeit suchen«, sagte er zu Aulikki. »Irgendetwas muss jeder machen.«

»Ich habe den ganzen Sommer Eis verkauft.«

»Die Eiszeit ist vorbei«, sagte er.

Die Stiefmutter fing an, über Aulikkis Schwester zu sprechen, die ja ihren Weg, ihren Beruf und einen guten Mann gefunden hatte und jetzt sogar ein Kind erwartete.

Aulikki räumte den Tisch ab, spülte das Geschirr, trocknete es ab und stellte die Gläser und die Teller in den Schrank, das Besteck legte sie in die Schublade. Dann ging sie in ihr Zimmer und machte die Tür zu.

Draußen schien die Sonne, der Himmel war blau, ein paar Sommerwolken plusterten sich auf und glitten langsam vorüber. Der Tag war schön. So schön wie der Tag, an dem ihre Mutter vom Krankenbett aufstand und die Pfifferlinge sehen wollte und vor dem Wald zusammenbrach.

In Aulikkis Zimmer standen ein Bett, ein Tisch mit zwei Stühlen und ein Schrank. Die Wände waren weiß gestrichen und den Tisch, die Stühle und den Schrank hatte sie auch weiß gestrichen. Auf dem Bett lag eine rote Tagesdecke.

Sie öffnete die Schranktür. Dort hingen Hosen, Röcke, Blusen, ein Popelinemantel, und auf dem Schrankboden standen die Sandalen und andere Sommerschuhe.

Sie überlegte, was sie mitnehmen sollte. Einen Augenblick starrte sie den Inhalt des Schranks an, dann legte sie sich auf das Bett und schlief ein.

Sie wurde wach, als der Vater sie an der Schulter berührte.

»Schläfst du oder träumst du?«, fragte er.

»Ich träume nie«, entgegnete sie.

Er lächelte verlegen. »Wir sollten mal miteinander reden.«

»Gleich«, sagte Aulikki und drehte sich zur Wand. Er ging wieder und schloss die Tür leise hinter sich.

Ihr Vater und Laina heirateten ein Jahr nach dem Tod der Mutter. Aber sie hatten schon vor ihrem Tod was miteinander.

Aulikki ging zur Schule und kam aus der Schule zurück. Laina versuchte, ihr gegenüber gefällig zu sein. Sie wünschte sich, dass Aulikki sie Mutter nenne. Aber Aulikki nannte sie immer nur Laina. Wenn sie bei anderen über Laina sprach, sagte sie nicht einmal den Vornamen, sie sprach auch nicht von der Tante, nur von der Stiefmutter. Aulikki brachte keine Freundinnen mehr mit nach Hause, und über die Schule erzählte sie nur das Notwendigste.

»Fräulein Stumm kommt nach Hause«, sagte Laina, wenn Aulikki ins Haus kam. Manchmal versuchte Laina Aulikki zum Reden zu animieren. »Erzähl uns doch was«, mahnte sie freundlich. Dann wandte Laina sich zu Aulikkis Vater.

»Wir können doch nicht immer schweigen. Sag du doch wenigstens etwas.«

»Mir sind auch die Worte ausgegangen«, meinte er.

Wenn Aulikki in ihrem Zimmer war, hörte sie das Auf und Ab ihrer Stimmen. Worüber sie sich unterhielten, wusste sie nicht. Vielleicht über das Übliche, was getan werden sollte, was getan worden war, wer zu Besuch kam, wen man besuchen sollte, was man im Urlaub macht und an den anderen Tagen, wenn man keinen Urlaub hat. Vielleicht sprachen sie auch über Aulikki. Sie kümmerte sich nicht mehr um die Schule und musste vom Gymnasium zur Realschule wechseln, die sie mit sechzehn verließ.

»Das hätte deiner Mutter nicht gefallen«, sagte ihr Vater.

Aulikki hat ein Tagebuch. In dem stehen drei Sätze.

Ich kann nichts. Ich weiß nichts. Mich mag niemand.

Die Freundinnen, die sie in der Schule gehabt hatte, verlor sie aus den Augen, weil diese weiter das Gymnasium besuchten und sie sich ohne die gemeinsamen Mitschüler und Lehrer, die Stunden, die Hausaufgaben, die Arbeiten und Prüfungen nicht viel zu sagen hatten.

Aulikki hing in Cafés und auf der Straße herum, wollte von zu Hause weg und kehrte doch immer wieder zurück.

Sie brauchte die vertrauten Gerüche, die Holzdielen, die an einigen Stellen knarrten, die Schränke, deren Inhalt sie so gut kannte, dass sie blind hineingreifen und herausholen konnte, was sie suchte. Sie liebte die Birke vor dem Fenster, mit den zarten grünen Blättern, sie liebte den Baum im Herbst, wenn er wie ein Scherenschnitt aussah. Und im Winter, wenn die Dompfaffe sich auf den kahlen Ästen niederließen. Ihre roten Brüstchen leuchteten an dem Baum wie rotbäckige Äpfel. Sie mochte sogar den Schatten, den sie ans Fenster warf, wenn sie davor stand und nach draußen starrte. Sie hing an den sich wiederholenden Bildern wie andere Mädchen an ihren Lieblingspuppen. Wege und Straßen, die sie nicht kannte, die Gebäude, deren Innenräume sie nie betreten hatte, machten ihr Angst. Sie war schon ein Jahr aus der Schule raus, aber sie ging noch oft an dem Schulgebäude vorbei und erinnerte sich an die Aula, an die breite Treppe, an die Klassenzimmer, in denen sie gesessen hatte. Dabei war sie nicht einmal besonders gerne zur Schule gegangen und später, nachdem die Mutter gestorben war, befiel sie oft die Angst, in der Schule plötzlich ohnmächtig zu werden.

Das war ihr einmal während des Unterrichts geschehen. Ihr Herz klopfte, sie bekam keine Luft mehr. Sie hatte vergessen, wie man atmet. Sie hechelte wie ein durstiger Hund, fing an zu zittern, und als sie zu sich kam, lag sie auf der Couch im Zimmer der Direktorin.

»Geht es wieder?«, fragte die Direktorin.

Aulikki nickte.

**Ihr Vater** klopfte an die Tür. Aulikki stand auf und sagte: »Ich besuche meinen Großvater.«

Er schaute sie an. »Ich wollte mich mit dir unterhalten.«

»Später«, sagte sie und ging auf steifen Beinen durch den Raum, beobachtet von den Augen der Stiefmutter und des Vaters.

Der Großvater wohnte in einem Altersheim. Er war erst siebzig, aber sein Gedächtnis und sein Verstand spielten ihm Streiche. Sie heckten Sachen aus, die sie dem Großvater in die Schuhe schoben. Sie steckten brennende Kerzen zwischen seine Mehltüten und überredeten ihn, bei dreißig Grad minus im Schlafanzug spazieren zu gehen. Er bekam Medikamente und die Streiche hörten auf, und er hatte auch keine eigenen Mehltüten mehr, die in Brand geraten konnten. Und die Leute im Heim passten auf, dass er sich warm anzog, wenn er nach draußen gehen wollte.

Die Alten auf dem Flur grüßten Aulikki mit ihrem zahnlosen Lächeln und ihren tropfenden Nasen, schauten sie mit vertrockneten Augen an.

»Guck, das Mädchen kommt Ville besuchen«, brummte sein Zimmernachbar, der immer an der Tür saß, um mitzubekommen, wer kam und wer ging.

»Wie heißt du denn, wenn man fragen darf?«

Sie antwortete nicht zum ersten Mal: »Aulikki«, und dachte, dass in den ständig blinzelnden, verwelkten Augen der Alten nur noch große Verwunderung zu erkennen war.

Sie wunderten sich, dass plötzlich eine Treppe da war, wo sie keine vermuteten. Sie wunderten sich, dass Nacht war, wenn sie beschlossen hatten aufzustehen. Sie staunten über die Sterne, die es in ihrer Kindheit nicht gegeben hatte, und darüber, dass das Vanilleeis süß schmeckte. Und sie freuten sich, wenn jemand kam und ihnen die Hand gab, weil sie sich plötzlich erinnerten, dass es nicht nur ihre eigenen Hände auf der Welt gab.

Aulikki war wie die Alten, sie wunderte sich auch über alles. Wenn sie über das Leben nachdachte, verwirrten sie sogar ihre eigenen Gedanken.

Der Großvater saß in seinem Sessel und versuchte die Zeitung zu lesen.

»Hei«, sagte Aulikki und setzte sich auf die Bettkante.

»Wozu liest man überhaupt die Zeitung«, schimpfte er und ließ sie auf den Boden fallen.

»Damit man erfährt, womit sich der Rest der Welt die Zeit vertreibt«, meinte sie.

»Das will man doch gar nicht wissen, wenn man so etwas liest wie in der heutigen Ausgabe.«

»Was hast du denn gelesen?« Aulikki nahm die Zeitung vom Fußboden und faltete sie wieder ordentlich zusammen.

»Da hat doch ein Mann seine Frau umgebracht«, sagte er. »Oder hat die Frau den Mann umgebracht? Ich kann mich jetzt nicht erinnern. Auf jeden Fall ist jemand gestorben, und darüber will ich nichts hören oder lesen.«

Als es die Streiche mit dem Verstand und dem Gedächtnis noch nicht gab, hatte der Großvater am liebsten die Todesanzeigen gelesen. Er sagte dann immer: »Hat wieder ein paar von uns erwischt.« Oder: »Schon wieder ein paar

Grasbeißer mehr.« Oder er sagte: »Ein Jammer, dass man sterben muss.«

»Du musst die Zeitung doch nicht lesen«, sagte Aulikki. »Und geht es dir sonst gut?«

»Warum soll es mir gut gehen?«

»Also geht es dir schlecht?«

»Wieso soll es mir schlecht gehen?«, fragte er und sie sagte: »Ich will zu Hause ausziehen.«

»Willst du auch in ein Altersheim?«

Aulikki lachte. »Ich fahre nach Helsinki.«

»Ja«, sagte er. »Vielleicht ist es das Beste. Die Zugvögel sind auch schon weg.«

»Die Zugvögel sind schon lange weg.«

»Sag ich doch«, sagte ihr Großvater. »Kannst du mir die Fingernägel schneiden, ehe du fährst?« Und er flüsterte: »Die haben hier keine Ahnung von Maniküre.«

Sie holte eine Schüssel mit warmem Seifenwasser und sagte: »Steck die Finger rein.«

Während seine Fingernägel etwas weicher wurden, beobachtete sie ihn, wie man Menschen beobachtet, wenn man weiß, dass man sie lange nicht mehr sieht, vielleicht nie wieder. So wie sie ihre Mutter monatelang jeden Tag angesehen hatte, immer so, als sei es ihr letzter Tag. Einmal hatte sie Aulikki gefragt: »Was starrst du mich an? Ist etwas nicht in Ordnung?«

»Ich sehe dich doch gar nicht an, ich gucke nur so rum.«

Und ihre Mutter hatte gesagt, dass sie wohl noch merke, wenn jemand sie anstarrt.

»Was willst du in Helsinki machen?«, fragte der Großvater, und er sagte, »pass auf, dass du nicht unter die Räder kommst, und zieh dich warm an, wenn du nach Helsinki fährst«, und sie fragte, ob er glaube, dass es dort kälter sei, und er nickte: »Ostseewinde!«

Sie schnitt ihm die Fingernägel, die immer noch hart waren, und er meinte: »Andererseits, vielleicht keine schlechte Idee.«

Sie drückte ihn zum Abschied und er klopfte ihr auf den Rücken und sagte: »Ist schon gut.«

Aulikki winkte ihm von der Tür her zu, und sie winkte den anderen Alten auf dem Flur zu, und sie hoben ihre steifen Arme in die Luft und ruderten hin und her, als suchten sie das Wasser, über das ihre Boote früher so leicht geglitten waren.

Zu Hause setzte sie sich an den Tisch ihrem Vater gegenüber und sagte: »Ich gehe nach Helsinki.«

»Und was willst du dort machen?«

»Vielleicht essen die Leute in Helsinki auch im Winter Eis«, antwortete sie, weil sie zu Hause immer solche Antworten gab und sie auch deswegen weg wollte, weil sie glaubte, nie älter zu werden, wenn sie zu Hause blieb. Sobald sie hereinkam, wurde sie wieder zehn Jahre alt oder noch jünger, und sie wollte endlich älter werden, so alt, wie sie war.

»Im Ernst«, sagte der Vater.

Sie zuckte die Schultern: »Ich werde schon etwas finden.«

**Ihr Vater** trug den Koffer zum Bahnhof und wartete neben Aulikki auf den Zug. Als der Zug einfuhr, steckte er ihr einen Umschlag in die linke Hand und drückte die rechte lange. Ihre Blicke streiften sich kurz, dann wandte er seine Augen dem Boden zu, sie schaute auf die Gleise.

In dem Umschlag waren Geld und ein Zettel, auf dem stand: *Für den Anfang und alles Gute für Dich. Dein Vater.*

Aulikki setzte sich auf einen Fensterplatz. Als der Zug anfuhr, schaute sie hinaus und hob die Hand, um dem Vater zuzuwinken, aber sie sah ihn nicht mehr.

»Er steht noch da, er hat auch gewunken«, sagte die Frau ihr gegenüber. »Du konntest ihn nur von deinem Platz aus nicht sehen.«

Aulikki kannte die Frau. Sie hieß Liisa. Sie hatte ein schwarzes Kostüm an. Im Hafen trug sie immer einen roten Rock.

Wenn ein Schiff kam, war auch Liisa da. Aulikki stand in dem Kiosk hinter den Eisbehältern, lehnte sich an die Theke und beobachtete sie. Liisa verschwand im Schiff. Nach einiger Zeit kehrte sie zurück, kaufte sich ein, zwei Kugeln Vanilleeis, setzte sich auf einen der drei Stühle, die vor dem Kiosk standen, nahm ein Buch aus der Handtasche, schleckte das Eis und las. Manchmal kamen Matrosen von dem Schiff und holten sich auch ein Eis. Nie sahen die Männer die Frau an und nie hob sie den Blick von ihrem Buch. Nach einiger Zeit ging Liisa wieder auf das Schiff. Auf dem Deck sprach sie mit den Seemännern. Mit einem von ihnen zog sie sich in das Innere des Schiffes zurück, die anderen lehnten sich an die Reling, rauchten und warfen den Möwen die Kippen zu.

Den ganzen Sommer lang sprach keiner der Männer sie jemals am Kiosk an. Nur einmal setzte sich ein Matrose zu Liisa an den kleinen Tisch. Er langte in seine Hosentasche und legte Liisa einen Zwanzigmarkschein auf den Tisch. Liisa zerriss den Schein und ließ die Schnipsel in den Aschenbecher fallen. Der Seemann stand auf, hob wütend die Hand, als wollte er ihr eine Ohrfeige geben, aber dann drehte er ihr nur den Rücken zu und ging über den Kai zu seinem Schiff. Liisa stand auch auf. Sie weinte.

Jetzt lächelte sie. »Weite Reise?«, fragte sie Aulikki.

»Nach Helsinki.«

»Ich will meine Mutter besuchen«, sagte Liisa. »Nur ein paar Stationen.«

Der Zug ratterte gleichmäßig. Auf Liisas Knien lag ein Krimi. Krimis las sie auch im Hafen, immer wenn sie Zeit hatte.

Liisa sah nicht auf das Buch, sie sah Aulikki an, sagte aber nichts. Aulikki fühlte sich wie ein Tier in einem Käfig, wo bereits ein Artgenosse hockt, zu dem es Kontakt aufnehmen muss.

Aulikki holte auch ein Buch aus der Tasche. Das hatte ihre Mutter im Krankenhaus mitgehabt. Sie hatte Aulikki gesagt: »Nimm du es. Ich lese keine Bücher mehr.«

Aulikki las auch nicht in ihrem Buch. Sie versuchte sich zu erinnern, ob es vier Komma fünf oder fünf Milliarden Jahre her war, als die Erde entstand. An fünf Milliarden Jahre zu denken war tröstlich, als hielte man sich versteckt in einer riesigen Uhr, deren Zeiger nicht nur Sekunden anzeigten, Minuten maßen, zu Stunden wuchsen, einen Tag nach dem anderen voranschritten. Sie dachte gerne an die Hunderte, Tausende, Millionen von Jahren. Bei solchen Zahlen vergaß sie die Schläge ihres unruhigen Herzens, das den gleichmäßigen Takt nicht fand.

Das Buch, das Aulikki mitgenommen hatte, hieß *Madame Bovary*. Emma Bovary liebt romantische Liebesromane. Sie träumt von einem Mann, der ihr schöne poetische Sätze ins Ohr flüstert, sie träumt von einem Mann, der sie so schön findet, wie sie sich selbst vor dem Spiegel vorkommt. Sie träumt von schönen Kleidern und einem Leben, das jeden Tag ein rauschender Ball ist. Sie heiratet einen schlichten Landarzt, der ihre Sehnsüchte nicht erfüllen kann.

Aulikki mochte Emma Bovary nicht. Sie verstand nicht, weshalb diese immer nur träumte und sich weigerte, etwas anderes zu sehen als ihre Träume. Aulikki tat der Ehemann von Emma Bovery leid, so wie ihr auch ihr Vater immer leid getan hatte. Ihre Mutter war zwar keine Träumerin gewesen, aber auch sie hatte nur die Dinge gesehen, die sie sehen wollte.

Sie las weiter in *Madame Bovary*, deren Mann keine Ahnung hatte von den Träumen und den Liebessehnsüchten seiner Frau. Und Aulikki dachte, niemand weiß genau, was ein anderer denkt, manchmal weiß man nicht einmal selbst, was man denkt.

Liisa stieg aus. »Viel Glück in der Hauptstadt«, sagte sie. »Halt dich nicht zu nahe am Wasser auf.«

Aulikki errötete.

An einem Abend im Hafen, als sie den Eiswagen geschlossen hatte, ging sie bis zum Rand des Kais und starrte auf das Wasser. Ein paar Tage vorher war sie ohnmächtig geworden. Laina hatte sie zum Arzt geschickt. Der Arzt verschrieb ihr Lebertran und Eisentabletten. Aulikki hatte gedacht, dass sie kein Eisen brauche. Sie war schon steif genug. Aber bei dem Arzt bedankte sie sich nur für das Rezept und ging.

Sie hatte Angst vor den Angstanfällen. Sie war ihr Leben, das sie nicht zu leben wusste, leid. Sie überlegte, ob sie ins Wasser springen sollte. Plötzlich packte Liisa sie an der Schulter und sagte: »Mädchen, ich habe Appetit auf ein Vanilleeis. Schließ doch, bitte, noch einmal auf.«

»Viel Glück dir auch«, sagte sie zu Liisa. Am liebsten wäre Aulikki mit ihr ausgestiegen. Hätte mit ihr Liisas Mutter besucht.

**Nach zwei Stunden** hielt der Zug plötzlich. Durch die Lautsprecher wurden die Passagiere aufgefordert, nicht auszusteigen.

»Ein Elch auf den Gleisen?«, sagte jemand im Abteil.

Die Leute standen auf, schauten aus den Fenstern nach links und rechts, rätselten über die Gründe, warum der Zug nicht fuhr oder ärgerten sich darüber, dass sie nun nicht pünktlich ankommen würden.

Einige Menschen waren bereits draußen, sie liefen neben dem Zug hin und her, unterhielten sich, rauchten Zigaretten, ein paar Männer stopften sich eine Pfeife. Auch die Leute aus Aulikkis Abteil stiegen aus. Sie blieb sitzen. Plötzlich machte der Zug einen Ruck und fuhr langsam an. Die Leute draußen schrien auf, zeigten auf den Zug, auf Aulikki, winkten, machten Zeichen, die sie nicht verstand, riefen etwas, das sie nicht hören konnte. Einen Augenblick glaubte sie, die Einzige zu sein, die noch in dem Zug saß, und dass niemand ihn lenke.

Der Zug kam erneut zum Stehen, und einige der Leute, die draußen gewesen waren, nahmen lachend ihre Plätze wieder ein. Aulikki sah sie nicht an. Sie schaute auf die Tannen, die sich vor dem blauen Himmel dunkel und dicht aufreihten, sie sah in die Sonne, die von dem finnischen Boden bereits so weit entfernt war, dass ihre Strahlen nicht mehr wärmten. Als ihr Blick die wenigen Menschen streifte, die immer noch draußen standen, entdeckte sie einen jungen Mann, der sie anstarrte. Er hatte die Hände in den Hosentaschen und stand breitbeinig auf dem Boden, als habe er Angst umzufallen. Er hatte eine hohe Stirn und große neugierige Augen, die weit auseinander lagen. Sein Mund verzog sich zu einem Lächeln, als er merkte, dass Aulikki ihn wahrgenommen hatte. Sie wandte die Augen ab und sah wieder auf das Buch in ihrem Schoß.

Der Zug ruckelte und setzte sich erneut in Bewegung.

Aulikki nahm ein Butterbrot aus der Tasche, zwischen den Roggenbrotscheiben lag ein Spiegelei. Es verbreitete einen fauligen Geruch.

Sie hatte die Hälfte des Brotes aufgegessen, als die Abteiltür aufging und der Mann, der sie angestarrt hatte, eintrat. Er trug einen schwarzen Aktenkoffer und hatte sein Jackett angezogen.

Er setzte sich ihr gegenüber und sagte: »Hei.«

Aulikki nickte und wickelte den Rest des Brotes wieder in das Butterbrotpapier.

»Ich habe dir hoffentlich nicht den Appetit verdorben?«, fragte er.

Sie schüttelte den Kopf, wischte die Hände mit einem Taschentuch ab und nahm das Buch in die Hand.

»Gutes Buch«, bemerkte er.

Sie sagte nichts, und er fuhr fort: »Du kommst mir bekannt vor. Kennen wir uns von irgendwoher?«

Aulikki schüttelte den Kopf und er fragte: »Wie heißt du?«

»Tiina«, antwortete sie.

»Ich bin Petri«, sagte der Mann. Aber das wusste sie schon. Petri ohne Pickel.

Damals wohnte Aulikkis Familie in einem alten Holzhaus, mit einem Dachboden, auf dem Körbe aus Birkenrinde und eine Truhe standen. Die Körbe waren leer, aber sie rochen noch nach Blaubeeren oder nach Pilzen, sie rochen nach Wald. In der Truhe lag altes Spielzeug, Holzautos und fast kahlköpfige Puppen, denen ein Arm oder ein Bein fehlten. Aulikki spielte gerne auf dem Dachboden. Sie reihte die Körbe mit den Blaubeerflecken auf, die mit den Pilzen kamen in eine andere Reihe. Sie verarztete die Puppen, legte Verbände an, wickelte Tücher um die kahlen Köpfe und sprach ihnen Trost zu.

Sie klingelte immer bei der Familie, die in der zweiten Etage unter dem Dachboden wohnte, um kundzutun, dass sie jetzt nach oben auf den Boden ginge. Und sie klingelte auch bei ihnen, wenn sie zurückkam, und sagte, dass sie jetzt wieder nach unten ginge. Sie bekam dann ein Stück Kuchen oder einen Keks, und ihre Mutter sagte: »Du klingelst doch nur deswegen bei den Nachbarn, damit sie dir etwas Süßes geben.« Sie schüttelte den Kopf, fühlte sich aber ertappt.

Aulikkis Familie wohnte unten im ersten Stock, den großen Garten benutzten sie gemeinsam mit der anderen Familie. Im Sommer war ihr Fenster nachts geöffnet, und sie roch den Flieder und hörte immer die Stimme ihrer Mutter, wenn die Familie von oben und ihre Eltern abends auf der Terrasse saßen und sich unterhielten, weil ihre Mutter sehr deutlich sprach. Sie flüsterte nie. Die Familie von oben hatte einen Sohn, der elf oder zwölf Jahre alt war und Petri hieß. Aulikki war sechs und er interessierte sich nicht für sie. Manchmal strich er ihr über die Haare, wenn sie sich im Garten oder an der Tür trafen, und sagte: »Na, Kleines.«

Sie lächelte ihn an und zeigte auf die Pusteln in seinem Gesicht und fragte: »Woher hast du sie?« Er wurde so rot, dass die Pickel nicht mehr auffielen. Petri wurde oft von seinem Vater angeschrien und geschlagen. Und er stotterte. Aulikki dachte dann immer, was für ein Glück, dass unser Vater meine Schwester und mich nie schlägt. Und die Mutter schrie sie auch nicht an, sie redete nur laut und deutlich.

Als Petris Eltern und Aulikkis Eltern eines Abends zusammen ausgingen und ihre Schwester irgendwo mit ihren Freundinnen unterwegs war, sollte Petri auf Aulikki aufpassen. Er sagte zu ihr: »Komm, wir spielen auf dem Dachboden.«

Aulikki hatte schon das Nachthemd an und fragte ihn, ob sie sich anziehen sollte und ob sie mit den Puppen spielen würden, und er antwortete auf den ersten Teil der Frage mit »Nein« und auf den zweiten mit »Vielleicht«.

Auf der Treppe sah er immer nach unten und nicht nach oben, wo sie eigentlich hinwollten, und rief nach seinen Eltern und nach Aulikkis Eltern und nach ihrer Schwester, obwohl er ja wusste, dass sie nicht da waren. Aulikki rief auch nach ihnen, weil sie dachte, dass es zum Spiel gehörte. Aber er sagte zu ihr, sie solle nicht so einen Lärm machen. Oben auf dem Boden drückte er auf den Schalter, und die Glühbirne leuchtete auf wie ein matter kleiner Mond. Er schaltete das Licht wieder aus und sagte, dass Aulikki sich hinlegen solle. Er hatte eine karierte Decke ausgebreitet, und sie legte sich darauf. Er legte sich auf sie. Ihr wurde warm, weil Petri viel größer war als sie und viel dicker. Er wimmerte, als hätte er Schmerzen, und Aulikki streichelte sein fettiges

Haar. Dann stand er auf, und sie fragte, geht es dir jetzt besser, und er nickte und sagte, dass Aulikki keinem etwas von dem Spiel erzählen solle.

»Auch meiner Mutter nicht?«, fragte sie, weil ihre Mutter immer alles wissen wollte. »Bloß nicht«, sagte er.

Sie spielten das Spiel noch einige Male, und sie fühlte sich immer warm und von allen Seiten zugedeckt von Petri. Seine Haare kitzelten sie manchmal an der Nase, und er wickelte eine Strähne von ihren Haaren um seinen Zeigefinger und wickelte sie wieder ab und lächelte, als ob ihn die paar Haare fröhlich gemacht hätten. Sie redeten nicht viel. Durch die Ritzen der Tür fiel ein Lichtstrahl auf den Boden. In dem Licht sahen sie den Staub, der um sie wirbelte wie winzige graue Schneeflocken, und Petri sagte: »Es gibt Meere, die so tief sind, dass kein Licht mehr hindurchdringen kann.«

»Kein bisschen?«, fragte sie.

»Nicht ein Strahl«, antwortete er. Er legte sich neben sie und sein Arm lag unter ihrem Kopf und sie sahen den schwebenden Staubflocken zu und Aulikki fragte: »Haben die Fische im tiefen Meer große Augen?«

»Vielleicht«, antwortete Petri.

Einmal fragte sie ihn, wie das Spiel heißt, und er sagte: »Das Spiel hat keinen Namen. Wir sind zwei Segelschiffe, die von Piraten ausgeraubt und auf dem Meeresgrund versenkt wurden.«

Eines Abends seufzte Aulikkis Mutter: »Hat denn niemand in diesem Haus etwas Neues zu erzählen?« Und da erzählte Aulikki ihr von dem Spiel auf dem Dachboden. Erst verstand die Mutter sie nicht, weil Aulikki von den zwei Schiffen sprach, und als Aulikki dann das Spiel genauer beschrieb, so wie ihre Mutter es gerne hatte, merkte sie, dass der Mutter nicht gefiel, was Aulikki erzählte. Es war schon spätabends, und eigentlich sollte Aulikki ins Bett, aber die Mutter nahm sie bei der Hand und zerrte sie die Treppe hoch und klopfte an die Tür oben mit der Faust. Dann erzählte sie sehr deutlich alles, was Aulikki ihr erzählt hatte. Sie konnte das Spiel besser erklären, auch wenn sie nicht dabei gewesen war.

Die Mutter von Petri weinte, und der Vater schlug Petri ins Gesicht und trat ihn mit den Füßen, und die Mutter von Petri sagte immer, hört doch auf, hört doch auf, auch wenn es Petris Vater war, der schlug. Petri versuchte nur seinen Kopf zu schützen. Vielleicht bat Petris Mutter aber auch Aulikkis Mutter, aufzuhören, weil diese immer wieder klarstellte, was passiert war, damit auch alle sie verstanden. Die Eltern von Petri sprachen lange Zeit nicht mit Aulikkis Eltern, und Petri hat nie wieder ein Wort mit Aulikki gesprochen. Und sie war froh, als ihre Familie auszog, weil sie es schlimm fand, dass er zu ihr nichts mehr sagte. Nicht einmal: »Na, Kleines.«

Petri fragte: »Fährst du nach Helsinki?«

Sie nickte.

»Studium?«

Sie nickte wieder.

»Literatur?«

Aulikki schüttelte den Kopf.

»Du redest nicht gerne?«, sagte er.

»Ich mag lieber finnische Schriftsteller«, sagte sie.

Er schien etwas irritiert von dem unerwarteten Bekenntnis, lachte dann und meinte: »Kannst du auch. Meinst du im Gegensatz zu den Franzosen, zu Flaubert?«

»Ich mag sie einfach. Aber ich kenne nicht besonders viele Bücher von ausländischen Autoren, ich kann sie nicht mit den finnischen vergleichen. Vielleicht kann man es sowieso nicht.«

»Was kann man nicht?«, fragte er.

»Jemanden mit einem anderen vergleichen. Warum sollte man auch.«

Er lachte. »Um festzustellen, warum man einen Schriftsteller mag und den anderen nicht. Und aus vielen anderen Gründen. Es gibt sogar einen Studienzweig, der sich mit Vergleichen beschäftigt. Heißt Komparatistik.«

Sie zuckte die Schultern.

Er hielt einen Vortrag über französische Literatur und über Flauberts Roman *Madame Bovary* und seine Bedeutung für die anderen Schriftsteller. Aulikki horchte auf seine Stimme. Sie war angenehm.

Sie glaubte, er horche auch auf seine eigene Stimme – er mäßigte sich, wenn er zu schnell redete, und sprach einige Worte besonders akzentuiert, in einem tiefen intensiven Ton. Etwas später erzählte er, dass er für den Rundfunk arbeite, aber auch noch studiere, und einmal lächelte Aulikki, als ihm etwas Spucke zwischen den Zähnen herausspritzte. Er entschuldigte sich und beendete verlegen seinen Satz über *Madame Bovary*. Im Gegensatz zu Aulikki empfand er viel Mitgefühl für sie.

»Das Buch ist ja vor über hundert Jahren geschrieben worden«, sagte sie. »Heute wird niemand mehr wegen der Liebe verrückt.«

»Nicht?« Er lachte wieder.

Früher hatte er nicht gelacht. Er war immer ernst, was kein Wunder ist, so oft, wie er geschlagen wurde. Jetzt lachte er fröhlich, als habe er die Schläge vergessen, dachte Aulikki.

Wahrscheinlich lacht er über mich. Weil er ahnt, dass ich über die Liebe noch nichts weiß.

Sie wusste auch nur das, was sie aus Büchern, aus den Erzählungen anderer Mädchen und von ihren Eltern mitgekriegt hatte.

Ihre einzige eigene Erfahrung war ein Kuss vor zwei Jahren. Der Junge trug eine Brille, die beim Küssen runterfiel. Seine Lippen waren rissig, weil er immer an ihnen herumkaute. Sie schmeckten nach Blut, sein Atem roch nach Kaugummi.

Petri beobachtete sie.

Dann sagte er: »Ich beschäftige mich im Augenblick mit Solipsismus.«

»Ist das eine Sekte?«, fragte Aulikki.

Er schüttelte den Kopf. »Eine Art von Philosophie, nach der das subjektive Ich das einzig wirkliche ist. Alle anderen Ichs sind nur Vorstellungen des eigenen Ichs.«

»Ach so.« Sie dachte an ihre Mutter. So eine Philosophie hätte ihr gut gefallen.

Petri fragte, ob sie schon ein Zimmer in Helsinki habe. Nach einer Pause verneinte sie. Warum sie wieder log, wusste sie nicht. Er bot ihr an, bei ihm zu übernachten, und sie sagte zu. Irgendwann würde ihm einfallen, wer sie war, und dann könnten sie darüber reden, und Aulikki wüsste, was Petri damals auf dem Dachboden und danach gedacht und was er empfunden, und ob sein Vater je wieder mit ihm gesprochen hatte.

Petri wohnte nicht weit vom Bahnhof. Er trug Aulikkis Koffer und erzählte unterwegs von Eliel Saarinen, dem Architekten, der das Bahnhofsgebäude entworfen hatte. Er zeigte auf das Ateneum, das Museum. Sie nickte, und ließ ihn in dem Glauben, sie sei das erste Mal in Helsinki.

Als bedürfe es einer Erklärung, sagte er, als er die Haustür aufschloss: »Ich wohne in der Wohnung meiner Mutter.«

»Lebt dein Vater nicht mehr?«, fragte sie.

»Doch. Aber meine Eltern haben sich vor einigen Jahren getrennt, und meine Mutter und ich sind nach Helsinki gezogen.«

Der Aufzug war, dem Haus entsprechend, sehr alt. Während der Fahrt in die vierte Etage standen sie sich nah. Petri roch nach Schweiß und nach einem Eau de Cologne, irgendwie fruchtig.

»Meine Mutter ist nicht zu Hause«, sagte er, als er die Wohnungstür aufschloss.

Aulikki blieb im Flur stehen, er trug ihren Koffer in eines der Zimmer und rief ihr zu, doch einzutreten. Die Wände des Flurs und des großen Wohnzimmers waren voll gehängt mit Bildern. Die Fenster hatten keine Gardinen, auf dem Boden lag ein heller Hirtenteppich, der Aulikki daran erinnerte, dass sie ihre Schuhe nicht ausgezogen hatte. Sie ging zurück in den Flur und zog sie aus.

»Eine echte Finnin«, sagte er. »Den Mantel kann man anlassen, die Mütze kann man aufbehalten, aber auf keinen Fall mit den Schuhen in die gute Stube!«

Er hatte seine Schuhe noch an. Sie setzte sich auf den Hirtenteppich und schaute die Bilder an den Wänden an, während Petri Kaffee kochte und ein paar Butterbrote schmierte. Ein großer Teil der Zeichnungen und Aquarelle zeigte Tierfiguren, und sie stammten unverkennbar alle von demselben Künstler. Aulikki betrachtete eins der Bilder genauer, ein Fabelwesen mit dem Kopf eines Wildschweins und dem Körper eines Braunbären.

»Meine Mutter ist Künstlerin«, sagte er. »Magst du ihre Arbeiten?«

»Deine Mutter ist eine Künstlerin!« Sie war überrascht. In der Wohnung, in der Petri früher mit seinen Eltern gewohnt hatte, hing keine Kunst, nur ein Wandteppich, auf dem Schwäne mit sehr langen Hälsen auf dem Wasser schaukelten.

»Sie hat schon immer gezeichnet, als Kind und als Jugendliche, aber während der Ehe hat sie es aufgegeben. Nach der Scheidung fing sie wieder damit an«, erzählte Petri.

Im Badezimmer sah Aulikki sich im Spiegel an, bürstete die Haare mehr zum Gesicht hin und trug Lippenstift auf, wischte ihn aber wieder weg.

Beim Essen sagte sie zu Petri, dass ihr die Bilder gut gefielen.

Er zeigte ihr ein Foto von seiner Mutter.

Aulikki erkannte sie, obwohl sie hübscher als früher aussah, vielleicht, weil sie das Gesicht von Petris Mutter vor Augen hatte, als sie unglücklich war und immer wieder rief: »Hört doch auf, hört doch auf!«

»Sie sieht ein bisschen aus wie Jacqueline Kennedy«, sagte Aulikki.

»Das sagen viele«, meinte Petri. Er schien sich über diese

Ähnlichkeit zu freuen und auch darüber, dass sie Aulikki aufgefallen war.

Er sagte: »Weißt du, ich zerbreche mir den Kopf darüber, an wen du mich erinnerst.«

Er stotterte, fing sich aber schnell wieder.

Petri war ein Kinokenner und sammelte alte Kinoplakate. Er zeigte Aulikki seine Sammlung und prüfte gleichzeitig ihre Filmkenntnisse. Sie waren wohl enttäuschend für ihn, und er meinte, sie hätte noch vieles nachzuholen und jetzt auch die Gelegenheit dazu, weil sie ja in Helsinki jeden Abend im Kino einen guten Film sehen könne.

Er lud sie am nächsten Tag ins Kino ein. *Dr. Seltsam oder Wie ich lernte die Bombe zu lieben.*

»Mit Peter Sellers«, sagte er, als würde schon der Name für die Qualität des Films bürgen, aber Aulikki kannte den Namen nicht. Als er ihr Wein anbot, erwähnte sie nicht, dass sie noch nie Wein oder überhaupt Alkohol getrunken hatte.

Plötzlich rief er: »Jetzt weiß ich, mit wem du Ähnlichkeit hast. Mit Jean Seberg. Weißt du, wer das ist?«

Aulikki schüttelte den Kopf.

»Eine französische Schauspielerin«, sagte er.

Er erzählte ihr von seinen Lieblingsfilmen und zählte sie auf. *Sie küssten und sie schlugen ihn* von François Truffaut, *Jules und Jim* auch von Truffaut, *Das erste Evangelium – Matthäus* von Pier Paolo Pasolini, *Viridiana* von Luis Buñuel und *Der Diener* von Joseph Losey.

Aulikki kannte sie alle nicht, und nach dem dritten Glas Wein wurde ihr übel, und Petri machte sich Sorgen um den Hirtenteppich und nachher auch um sie. Sie schloss sich im

Badezimmer ein und übergab sich. Dann legte sie sich auf den Fußboden und reagierte nicht auf Petris Klopfen und seine Fragen. Er redete durch die Tür auf sie ein, sie solle doch aufmachen, und fragte, ob sie vielleicht gegen Alkohol allergisch sei wie jemand, den er kannte, und ob er einen Arzt rufen müsse.

Aulikki rappelte sich hoch und drehte den Schlüssel um. Er schleppte sie in ein Schlafzimmer, und als sie sich hingelegt hatte, deckte er sie mit einer Mohairdecke zu. Die Decke war warm, und Aulikki zog sie bis über die Schultern hoch. Sie schlief sofort ein, und als sie wach wurde, stand Petri neben dem Bett und sagte: »Ich war in der Apotheke und hab dir etwas gegen die Übelkeit geholt.«

Nachdem Aulikki die Tropfen eingenommen hatte, schlief sie wieder ein, begleitet von der Musik, die er aufgelegt hatte und die so klang wie Johann Sebastian Bach, fröhlich, und am nächsten Morgen sagte er zu ihr, dass die Platte *Play Bach* von Jacques Loussier war, und Jacques Loussier kannte sie auch nicht.

In der Nacht hatte sie einen Traum, in dem ihr Vater in den karierten Pantoffeln des Großvaters um ihr Bett schlich. Er räusperte sich und flüsterte: »Was ich sagen wollte …«, aber sie wusste sogar im Traum, dass er nichts sagen würde.

Petri stand früh auf, weil er ins Funkhaus musste. Aulikki hatte ihm nicht erzählt, wer sie war, weil sie nicht wusste, ob jemand an etwas erinnert werden will, was er vielleicht vergessen möchte.

»Ich sehe dich ja später«, hatte Petri gesagt. »Fühl dich hier wohl.«

Aulikki legte ihm einen Zettel auf den Tisch. *Danke für alles.*

Ihr war noch etwas übel, aber als sie mit ihrem Gepäck auf der Straße stand, fühlte sie sich wohler. Sie hielt das Gesicht in die Herbstsonne.

Autos, Busse und die Straßenbahn fuhren auf der Straße an ihr vorbei. Auf dem Bürgersteig überholten sie Menschen, die es eilig hatten, einige kamen ihr entgegen mit zielgerichteten, sicheren Schritten. Ihr Koffer war schwer, sie konnte sich dem Tempo der anderen nicht anpassen.

Sie schleppte den Koffer bis zum nächsten Taxistand. Der Fahrer war sauer, weil die Adresse, die sie ihm gab, nur ein paar Straßen weiter lag.

»Das wusste ich nicht«, sagte sie und lächelte ihn an.

»Kauf dir einen Stadtplan«, meinte er.

Als sie vor dem Haus stand, ging die Tür auf und ein Mann kam heraus.

»Ich will da rein«, sagte sie schnell.

»Hindert dich doch keiner«, brummte er mürrisch.

Aulikkis Schwester hatte erzählt, dass die Menschen in Helsinki freundlich und hilfsbereit seien. Ganz anders als in Kleinstädten.

Sie stieg langsam die Treppe zur dritten Etage hoch. Sie hatte es nicht eilig, anzukommen. Die steinernen Stufen waren in der Mitte tiefer, abgenutzt von den vielen Füßen, die sie über Jahrzehnte rauf und runter gelaufen waren. Die grün gestrichene Wand roch nach nassem Sand wie die Steinhöhle am Meer, in der sie als Kind gespielt hatte.

**Als sie** an der Wohnungstür der Tante ihres Vaters schellte, machte diese sofort auf und rief: »Ach, jetzt kommst du endlich! Die ganze Welt hat schon nach dir gefragt! Ruf zu Hause an, damit sie wissen, dass du nicht umgebracht wurdest.«

Aulikki gab ihrer Großtante einen Kuss auf die gepuderte Wange. Dann stellte sie ihren Koffer in das Zimmer, das Tante Tiina für sie eingerichtet hatte, legte sich auf das Messingbett und ließ den Blick im Zimmer schweifen. Ein Kleiderschrank aus Mahagoni, obwohl es so viele Kiefern und Tannen in den finnischen Wäldern gab, ein blauer Tisch mit drei Beinen, ein Stuhl mit hoher Lehne und einer Polsterung, die mindestens vierzig Jahre alt war. Ein Sessel bezogen mit grüngestreiftem Stoff und ein Bücherregal aus Stahl, das aussah, als sei es eher für Aktenordner gedacht. Oder für Folianten.

»Kaffee gibt es, wenn du zu Hause angerufen hast«, sagte Tante Tiina, als sie in die Küche ging.

Laina war am Telephon. Sie stellte keine Fragen. Sie stellte nur fest. »Also, du bist angekommen.«

»Ja«, sagte Aulikki und legte auf.

»Und wo warst du, wenn man fragen darf«, fragte Tante Tiina.

»Bei einem Freund.«

»Du hast hier noch keine Freunde!«

»Jetzt habe ich einen.«

Ihre Großtante runzelte die Stirn. »Ich will deinetwegen keinen Ärger kriegen.«

»Ich habe im Zug jemanden getroffen, den ich von früher kenne. Er hat mir die Wohnung seiner Mutter gezeigt. Plötzlich ist mir übel geworden und ich habe gekotzt. Dann bin ich eingeschlafen. Mehr ist nicht passiert«, sagte Aulikki.

Tante Tiina schüttelte den Kopf. »Warum dir übel wurde, will ich gar nicht wissen. Ich übernehme keine Verantwortung, und ich will nicht Kindermädchen spielen! – Und, wie geht es den Leutchen zu Hause und meinem verwirrten Bruder?«

»Denen geht es wohl gut, und der verwirrte Bruder ist nicht immer verwirrt, aber meistens«, antwortete Aulikki.

Ihre Tante sah aus dem Fenster: »Das Wichtigste ist, dass Menschen sich nicht kleiner machen, als sie sind, aber sich auch nicht aufplustern. Soweit ich das beurteilen kann, war das Problem bei deinen Eltern, dass dein Vater sich immer versteckte, wie eine Maus, die jeden Augenblick Angst hat, erwischt zu werden, und deine Mutter gebärdete sich wie eine Löwin, als bräuchte sie sich vor nichts zu fürchten.«

Aulikki sagte, dass sie nichts von Problemen zu Hause mitgekriegt habe, weder als ihre Mutter lebte noch später, und Tante Tiina meinte, dass das ja nur ihr Eindruck gewesen sei, aber schließlich wüsste Aulikki es besser.

»Ich selbst erwarte vom Leben keine Wunder und von meinen Mitmenschen schon gar nicht. Das würde ich dir auch raten, bleib mit beiden Beinen auf dem Boden, dann wirst du deinen Weg schon machen«, sagte ihre Tante. »Sieh mich an. Ich bin siebenundsechzig, ledig, rüstig und zufrieden.«

Tante Tiina war Grundschullehrerin gewesen und manchmal taten Aulikki die Kinder leid, die ihre Tante unterrichtet und denen sie gesagt hatte, dass sie auf dem Boden bleiben müssten, und manchmal dachte sie, wie schön für die Kinder, dass Tante Tiina sie unterrichtet und ihnen beigebracht hat, dass man keine Angst haben muss, dass man aber auch nicht den anderen Angst machen soll.

»Was hast du heute vor?«, fragte sie, als sie Aulikki Kaffee einschenkte.

»Ich wollte ein Buch zu Ende lesen.«

Ihre Tante schnaufte verächtlich: »Hoffentlich liest du nicht irgendwelche törichten Liebesgeschichten. Du willst ja nicht zu den bemitleidenswerten weiblichen Geschöpfen gehören, die nur Männer im Kopf haben.«

**Aulikki** hatte Petri weder ihre Adresse noch die Telephonnummer dagelassen. Seine Adresse wusste sie ja, und die Telephonnummer hatte sie sich vom Apparat aufgeschrieben, aber sie rief ihn nicht an. Sie ging einfach zum Kino und hielt nach ihm Ausschau. Aber er war nicht da, oder sie konnte ihn nicht entdecken. Sie schaute den Film an. *Dr. Seltsam* gefiel ihr nicht. Die Leute lachten, einige brüllten vor Lachen und amüsierten sich köstlich über die Dialoge und Szenen. Aulikki lachte nicht.

Vielleicht fehlt mir der Sinn für Humor, oder mir fehlt Petri oder irgendjemand, mit dem ich zusammen lachen kann, dachte sie.

Nach dem Film aß sie einen Hot Dog und hoffte eine Weile, dass Petri um die Ecke käme und vielleicht nach ihr suchen würde, aber er kam nicht.

Sie spazierte zum Bahnhof und sah den Leuten beim Einsteigen und Aussteigen zu, all den Menschen, die von jemandem abgeholt oder zum Zug begleitet wurden, und sie stellte sich vor, jemand würde auf sie zugelaufen kommen und rufen: »Da bist du ja. Ich habe schon nach dir gesucht.«

Sie beobachtete die Mädchen und jungen Frauen und suchte nach dem Körper, in den sie gerne hineingekrochen wäre, sah sich nach einem Gesicht um, das sie gerne im Spiegel gesehen hätte. Sie begutachtete die Menschen wie leere Wohnungen, die sie hätte mieten wollen. Auf dem Nachhauseweg erblickte sie sich in einem Schaufensterspiegel. Sie kam sich fremd vor.

Tante Tiina sah fern, ihr Apparat stand auf einem Tisch fast in der Mitte des Wohnzimmers und sie lag auf der Couch und starrte gebannt auf den Bildschirm, wo Clark Gable gerade die hübsche Vivien Leigh charmant anlächelte.

»*Vom Winde verweht.* Willst du mitgucken?«, fragte sie Aulikki und zeigte auf den Sessel.

»Ich wundere mich, dass du dir so eine Schnulze anschaust. Wo du doch die Liebe für so gefährlich hältst«, sagte Aulikki.

Ihre Großtante lachte. »Ich habe meine Impfungen gegen die Liebe erhalten. Ich bin immun.«

»Ich auch«, sagte Aulikki und wünschte ihr eine gute Nacht.

Im Zimmer nebenan kämpften die Südstaatler gegen die Nordstaatler, Rhett Butler kämpfte um seine Liebe, und Aulikki gab sich Mühe, die Liebessehnsucht von Emma Bovary zu verstehen.

Im Gegensatz zu Emma Bovary hatte sie romantische Liebesromane nie gerne gelesen. Sie glaubte solchen Geschichten nicht. In den Büchern, die sie mochte, wurde das ewige Glück der Liebe nicht besungen, aber die Menschen trugen warme Mäntel der Melancholie, die sie gegen die Kälte des Schicksals schützten. In *Madame Bovary* wurden die Personen mit Samt und Seide ausstaffiert und je mehr sie sich aufputzten, desto nackter wirkten sie. Manchmal taten sie Aulikki so leid, sogar Emma Bovary, dass sie am liebsten zu lesen aufgehört hätte. Sie schämte sich, als seien die Personen real und wüssten, was für intime Geheimnisse Aulikki über ihr Leben erfuhr. Aber sie konnte das Buch nicht aus der Hand legen. Sie staunte, dass die Menschen von ihren Gefühlen und Träumen bestimmt wurden, ihnen ausgeliefert waren und sich von ihnen führen ließen wie Hunde an der Leine. Mal bellten sie, zerrten an dem Strick und blieben doch ihren Herrchen auf den Fersen.

Aulikkis Mutter, die Tochter eines Fischers war, hatte einmal gesagt: »Die Menschen schwimmen in ihren Träumen wie die Fische im Meer, und eines Tages werden sie von einem Fischer gefangen, dessen Traum es ist, Fische zu fangen, und sie landen auf dem Teller des Fischers und werden aufgegessen.«

Aulikki gefielen die Lebensweisheiten ihrer Mutter nicht.

Plötzlich hatte sie Angst vor der neuen Stadt. Sie hatte Angst, dass sie zu wenig vom Leben wusste, sie hatte Angst davor, mehr zu erfahren.

Aulikki legte das Buch auf den Boden und machte das Licht aus. Sie horchte auf das Rattern der Straßenbahn, auf die Stimmen aus dem Fernseher. Ohne die Bilder klangen die Worte hohl und unnatürlich. Vor dem Einschlafen dachte sie an Petri. Von ihm träumte sie dann auch. Petri saß ihr wieder gegenüber im Zugabteil, er öffnete seinen Aktenkoffer und holte einen Stapel Papiere heraus. Er tat so, als würde er sie durchlesen. Ab und zu runzelte er die Stirn, nahm einen Kugelschreiber und kritzelte etwas auf die Seiten. Dann legte er die Papiere wieder in die Tasche und nahm ein Aufnahmegerät heraus. Er spulte das Band zurück, steckte einen kleinen Kopfhörer in das linke Ohr und lauschte. Er hielt ein Mikrophon dicht an Aulikkis Mund und fragte: »Ist dir noch übel?«

Sie schüttelte den Kopf, und er nickte ernst, setzte ihr den

Kopfhörer auf und sie hörte Musik und eine Frauenstimme, die zu der Musik summte. Plötzlich schrie die Frau. Petri sagte etwas, aber er stotterte so stark, dass Aulikki ihn nicht verstehen konnte.

Als sie aufwachte, versuchte sie, den Traum zu deuten. Es gelang ihr nicht. Und sie dachte: Träume haben keine Botschaften. Kein Mensch kann Träume verstehen.

**Beim Frühstück** sagte Aulikki zu Tante Tiina, dass sie nach einer Arbeit suchen würde.

»Als du mich von zu Hause angerufen und gefragt hast, ob du bei mir wohnen kannst, hast du erzählt, du würdest dein Abitur nachmachen«, sagte ihre Tante.

»Ich habe meine Meinung geändert.«

Tante Tiina schüttelte den Kopf. »Keine begrüßenswerte Meinungsänderung!«

Aulikki wollte vom Tisch aufstehen, aber Tante Tiina sagte: »Bleib einen Augenblick sitzen. Es gibt einiges zu bereden. Wir beide kennen ja einander nicht besonders gut. Als du mich vor einigen Jahren besucht hast, warst du noch ein kleines, von dem Tod der Mutter erschrecktes Mädchen. Das ist lange her. Dein Vater hat mir erzählt, du seist extrem verschlossen und schwierig. Er meinte, du würdest deine Stiefmutter ablehnen und hättest deine Schule vernachlässigt, um ihn, deinen Vater, zu treffen, weil du ihm nicht verzeihst, dass er Laina geheiratet hat. Ist das wahr?«

»Wenn Vater das so sieht, dann ist es seine Wahrheit«, antwortete Aulikki.

»Ist mir klar, dass es nur seine Auslegung ist. Ich will deine hören. Wie siehst du dich selbst?«

»Ich wäre auch gerne anders«, sagte Aulikki und spürte einen Kloß im Hals.

Tante Tiina sah Aulikki verlegen an und winkte mit der Hand. »Genug der Psychologie. Zwei vernünftige Menschen kommen auch ohne Erklärungen miteinander aus.

Such dir erst einmal Arbeit, die Schule läuft dir ja nicht davon.«

Aulikki fragte an der Uni nach Jobs. Sie war zwar keine Studentin, aber wer wusste das schon. Sie wurde zum Schwarzen Brett geschickt, auf dem verschiedene Stellenangebote angeschrieben waren. Putzhilfen und Babysitter wurden gesucht und Küchenhilfen und Kellnerinnen.

*Russischer Emigrant sucht Vorleserin, da er selbst allmählich das Augenlicht verliert. Als Gegenleistung werden Diskussionen in russischer oder englischer Sprache angeboten,* stand in einer der Anzeigen.

Aulikki schrieb die Telephonnummer auf. Sie kaufte die Tageszeitung, *Helsingin Sanomat*, las auch dort die Stellenangebote und stellte fest, dass sie keinerlei Qualifikation für irgendeinen Beruf besaß. Sie konnte nicht einmal auf Kinder aufpassen, weil sie keine Erfahrungen mit kleinen Kindern hatte. Schon die Vorstellung, einen schreienden Säugling auf dem Arm zu halten und nicht zu wissen, was er wollte, machte ihr Angst. Sie war sich nicht einmal sicher, ob sie richtig putzen könnte.

Als sie nach Hause kam, war ihrer Tante bereits etwas eingefallen. Tante Tiina wohnte schon lange in Helsinki, sie kannte eine Menge Leute und wusste, wo Aulikki nach Arbeit fragen könnte.

Aulikki stellte sich in einer Bäckerei vor, in der eine Bekannte ihrer Tante seit zehn Jahren arbeitete. Zur Zeit lag diese Bekannte wegen einer Knieoperation im Krankenhaus und ihre Stelle war vorübergehend frei.

»Die Arbeit ist leicht und sauber. Sie hat für ein junges Mädchen nur den Nachteil, dass sie spätabends getan werden muss. Du wirst abends keine Zeit für deinen Freund oder für die Freundinnen haben. Ist das ein Problem für dich?«, fragte die Vorarbeiterin.

Es war kein Problem für Aulikki.

Sie bekam die Stelle, kaufte ihrer Tante eine gelbe Rose und rief ihre Schwester an, die mit ihrem Mann in dem Stadtteil Hietalahti wohnte. Aulikki ging zu Fuß zu ihnen. Sie wollte am Hafen vorbeigehen, den schreienden Möwen zusehen, die sich um die Fischabfälle stritten, die ihnen von den Fischern zugeworfen wurden. Aulikki mochte den Geruch des Meeres, den Geruch nach Fischen, das Tuckern der Motorboote, den Wind, der vom Meer blies. Und sie mochte die Fischer mit ihren großen, roten Händen, die ruhig die Netze ausschütteten, ihren Fang sortierten und selten die Menschen am Kai ansahen. Wenn sie von ihren Netzen aufsahen, ließen sie ihre Blicke immer über das Meer gleiten, als würden sie die Ankunft von etwas Besonderem erwarten.

Aulikki blieb eine Weile bei den Booten stehen, bewunderte die großen Felchen und kaufte von einem Fischer ein Pfund geräucherte Maränen für ihre Schwester.

Die goldenen Kuppeln der orthodoxen Kathedrale in der Nähe des Hafens funkelten und glänzten verlockend in der Sonne. Aulikki folgte der Einladung.

Einige Touristen standen in der Mitte des leeren Kirchenraumes. Sie unterhielten sich leise über die Heiligenbilder. Aulikki fühlte sich in Kirchen wohl, sie mochte die Höhe der Gebäude und die Stille. Ihr gefiel es, dass die Leute sich in Kirchen flüsternd unterhielten. Sie betrachtete den bemalten Sternenhimmel an der Decke und sah sich einige der Ikonen aus der Nähe an. Auf einem Gemälde tötete ein Mann auf einem Pferd einen Drachen. Das Bild hieß *Der heilige Großmärtyrer Georgios, der Sieger*. Sie überlegte, wie man ein Großmärtyrer wird und wie man gleichzeitig Märtyrer und Sieger sein kann. An der Wand stand eine Bank für Alte und Gebrechliche. Aulikki setzte sich und versuchte sich vorzustellen, wie die Kathedrale aussah, wenn sie voll von Gläubigen war, die nicht mit den flüchtigen Blicken der Touristen auf den Altar schauten, sondern in dem Raum nach dem Sinn ihres Lebens suchten. Als sie die ins Papier gewickelten Fische auf die Bank legte, entdeckte sie ein Paar Männerhandschuhe. Sie waren aus weichem, hellem Leder, fast neu und sahen den Handschuhen ähnlich, die ihr Vater im Herbst trug.

Ihr Vater hatte schmale Hände, dünne, blasse Finger, mit denen er seine Berichte und Zahlen schrieb. Er arbeitete in einer Pfarrei.

Einmal, als sie noch in der Grundschule war, besuchte sie ihren Vater dort.

»Na, was machst du denn hier?«, fragte der Vater, und als sie antwortete, »ich wollte sehen, was du hier machst«, lächelte er erfreut und zeigte ihr ein paar Geburtsurkunden, auf die er mit seiner korrekten Schönschrift die Namen und Daten eintrug.

»Geburtsdaten muss ich eintragen, und die Hochzeiten. Ich muss auch Sterbeurkunden ausstellen«, sagte er und schloss eilig die Mappe auf dem Schreibtisch, als müsse er Aulikki vor dem Anblick eines Toten schützen.

Die Hände ihrer Mutter waren kräftig gewesen. Der Handteller breit, die ziemlich kurzen Finger immer gut durchblutet. Aulikki hatte sie oft beim Kneten von Hefeteig beobachtet, beim Schreiben, beim Stricken. Sie hatte die Hände ihrer Mutter gespürt, als sie Aulikki die Haare wusch und energisch, manchmal ungeduldig glatt kämmte. Schallplatten fasste die Mutter behutsam an. Sie hielt sie zwischen den Händen, ohne die Flächen mit den Fingern zu berühren, und legte sie vorsichtig auf den Plattenspieler, damit die Rillen keine Kratzer bekämen.

Auf dem Krankenbett betastete sie mit einer Hand unruhig die andere, die Finger kreuzten sich, ließen voneinander, bis sie es nicht mehr aushalten konnte, dass sie einander nicht erfühlten. Aulikki überlegte, ob das Sterben für ihre Mutter einfacher gewesen wäre, wenn sie einen Rosenkranz zwischen ihren Fingern gespürt hätte, wenn sie sich an etwas anderem hätte festhalten können als an ihren eigenen Händen. Aber ihre Mutter war weder katholisch noch orthodox, noch evangelisch. Sie glaubte nicht an Gott. Nie hätte sie sich erlaubt, an irgendjemanden zu glauben, den sie nicht sehen konnte, für dessen Existenz es keine Beweise gab.

Aulikki wartete so lange, bis die anderen Besucher die Kathedrale verlassen hatten, und steckte dann die Handschuhe in ihre Tasche. Ihr Herz raste, und als sie draußen war, verstand sie nicht, warum sie die Handschuhe mitgenommen hatte. Die Fische hatte sie auf der Bank vergessen, aber sie kehrte nicht mehr zurück.

Als sie an der Kapteeninkatu angekommen war, suchte sie

nach einem Blumenladen, weil sie etwas mitbringen wollte, aber sie fand keinen.

Wenn Aulikkis Schwester, Sinikka, verliebt war, machte sie Aulikki kleine Geschenke, mal brachte Sinikka eine Tafel Schokolade mit, oder sie schenkte Aulikki ein Tuch, das ihr selbst zu bunt war oder zu dunkel oder nicht zu ihren Augen passte.

Wenn Sinikka einen neuen Jungen kennen gelernt hatte, sagte sie: »Er ist ganz toll!«

Alle die Jungs, die Sinikka kennen lernte , waren ganz toll oder süß oder unglaublich oder himmlisch, und Aulikki konnte sich nicht vorstellen, was unglaublich war, und sie vermutete, es sei jemand, dem man nichts glauben sollte. Sinikka aber glaubte diesem Jungen und den anderen alles. Für einige Zeit. Wenn sie mit einem Jungen ausging, zog sie sich immer fünf-, sechsmal um und frisierte sich die Haare nach oben, nach unten und zur Seite. Und über das eine Auge, und dann sollten die Haare doch besser das andere Auge bedecken, und sie fragte Aulikki: »Wie findest du das?«

»Gut«, sagte Aulikki.

Dann zog sie einen engen Pullover an und eine enge Hose, die nur bis zu den Knien ging, und sie drehte sich vor Aulikki und fragte: »Wie findest du das?«

Aulikki zuckte die Schultern.

Sinikka zog ein blaues Kleid an und fragte: »Wie findest du das?«

»Gut«, sagte Aulikki.

Sinikka seufzte. »Wieso frage ich dich überhaupt, du hast ja keine Ahnung.«

Einmal, als sie von einem Treffen zurückkam, weinte sie so laut, dass Aulikki von ihrem Schluchzen geweckt wurde. Sinikka saß in der Küche und die Tränen liefen über ihre Wangen auf ihre Brust, ihre Schultern zuckten und die Nase lief. Aulikki holte ihr ein Taschentuch und Sinikka putzte sich die Nase, und Aulikki wischte ihrer Schwester mit den Händen die Tränen von den Wangen und Sinikka sagte: »Sei froh, dass du noch ein Kind bist.«

Später, als Aulikki größer war, schrieb Sinikka ihr einmal: *Augenblicke verändern uns mehr als die Jahre.*

Das kann sein. Man könnte so viele Sprüche finden. Das Unbekannte erschreckt uns. Wenn die Menschen, die wir lieben, sich verändern, verändern wir uns auch. Und so weiter.

Ein Augenblick kann nichts ändern. Genauso wenig wie die Stunden oder Jahre. Die Zeit kann nicht anders werden, Zeit ist gar nichts. Das hat Aulikki ihrer Schwester geschrieben, und die schrieb zurück, Aulikki hätte den Satz mit dem Augenblick nicht verstanden, das Wort Augenblick hätte einen symbolischen Charakter für das, was plötzlich geschieht. Sie erklärte gerne Dinge, die Aulikki und andere ihrer Meinung nach nicht verstanden.

Aulikki zog die Handschuhe aus der Tasche, sie rochen neu, hatten noch nicht den Geruch eines Menschen angenommen. Sie probierte die Handschuhe an. Sie waren Aulikki viel zu groß und sie versuchte, sich die Männerhände vorzustellen, die vielleicht einige Tage in ihnen gesteckt hatten.

Im Innenhof suchte ein Penner in einer Mülltonne nach etwas Essbarem oder nach leeren Flaschen. Er sah kurz auf, als Aulikki an ihm vorbeiging zu dem Eingang, wo ihre Schwester wohnte.

»No hei«, sagte Sinikka, als sie die Tür öffnete, drückte Aulikki vorsichtig, drehte ihr den Rücken zu und watschelte dann zurück ins Wohnzimmer und setzte sich schwerfällig in einen Sessel.

»Zieh deine Schuhe aus«, rief sie.

Aulikki setzte sich auf die Couch und fragte: »Wie geht's?«

Sinikka zeigte auf ihren mächtigen Bauch und seufzte. »Wie soll es mir gehen. Ich komme kaum noch von der Stelle. Es müssen Drillinge sein!«

»Du wolltest doch immer drei Kinder«, sagte ihr Mann, der aus der Küche kam. »Da hast du sie gleich in einem Aufwasch!«

Er setzte sich in den anderen Sessel Aulikki gegenüber. Ihre Schwester und ihr Schwager schauten sie erwartungsvoll an. Aulikki kam sich vor wie ein Staubsaugervertreter, dem die richtigen Sätze nicht einfallen, um seine Geräte anzupreisen.

»Ihr habt aber auch gar keine Ähnlichkeit miteinander. Die eine ist blond, die andere dunkel. Die eine ist dünn, die andere dick«, sagte Aulikkis Schwager, tätschelte den Bauch seiner Frau und lachte.

»Und, hast du dich schon eingelebt?«, fragte er dann. Ehe Aulikki antworten konnte, sagte Sinikka: »Wie soll sie sich wohl in der kurzen Zeit schon eingelebt haben?«

»Ich dachte bloß«, meinte ihr Mann. »Sie ist doch nicht erst gestern angekommen.«

Aulikki zuckte die Schultern und sagte zu ihrer Schwester: »Ich habe dir geräucherte Maränen gekauft, aber dann habe ich sie in der Uspenskikathedrale vergessen.«

»Was machst du denn in einer orthodoxen Kirche?«, fragte sie.

»Vielleicht ist sie konvertiert«, meinte der Schwager. »Du hättest zu der Hundertjahrfeier kommen sollen. Zu dem Fest ist die Kathedrale renoviert und die Kuppeln sind neu vergoldet worden. Die Kirche wurde nämlich achtzehnhundertachtundsechzig eingeweiht. Wusstest du, dass Uspenski *Einschlafen in den Todesschlaf* bedeutet?«

Sinikka warf ihm einen gelangweilten Blick zu, er stand auf und sagte: »Ich koche uns Kaffee.«

»Männer sind solche Idioten. Immer müssen sie ihr Wissen ausposaunen«, sagte Sinikka. »Besonders meiner.«

Aulikki erzählte von ihrer Arbeitsstelle und ihre Schwester fragte, was aus dem Plan, das Abitur nachzumachen, geworden sei.

Aulikki zuckte die Schultern.

»Deine Sache«, meinte Sinikka und zeigte Aulikki ihre Babyausrüstung: eine blaue Wiege, Strampelhosen und kleine Hemdchen und selbstgestrickte Jäckchen, die neben dem Bauch winzig wirkten, den Kinderwagen.

Sie hatten auch ein neues Auto angeschafft, das Aulikki vom Fenster aus höflich bewunderte.

»Pass auf dich auf«, sagte Aulikki zum Abschied zu ihrer Schwester.

Sinikka schlang die Arme um sie. Aulikki drückte den Kopf auf Sinikkas dicken Bauch und überlegte, was das für ein Gefühl sei, einen anderen Menschen in sich zu tragen.

Der Schwager begleitete Aulikki nach unten und sagte dann plötzlich: »Ich fahre dich hin.«

Sie stiegen ein. Das neue Auto roch wie die Handschuhe in Aulikkis Tasche, nur intensiver.

»Du wohnst in dem ursprünglichen Helsinki«, erzählte ihr Schwager. »In Kruununhaka standen die ersten Häuser des heutigen Helsinki. Die Stadt wurde ja schon fünfzehnhundertfünfzig von Gustav Wasa gegründet und …« Er sprach nicht weiter. Nach einer Weile meinte er verlegen: »Das wusstest du sicherlich schon.«

»Wusste ich nicht. Interessant«, sagte sie freundlich. Er tat ihr leid, weil ihre Schwester ihn zum Schweigen brachte, wie ein Blick oder ein Satz ihrer Mutter den Vater immer hatte verstummen lassen.

Ihr Schwager lächelte. »Du bist richtig erwachsen geworden. Wie alt bist du jetzt?«

»Siebzehn.«

»Man könnte dich für älter halten«, meinte er. »Pass auf, dass dir die Männer nicht den Kopf verdrehen.«

»Warum sollten sie?«, fragte Aulikki.

Er lachte laut und gekünstelt fröhlich und zwinkerte ihr zu.

Er stellte das Radio an und trommelte auf dem Lenkrad zur Musik der Beatles.

»Wie alt bist du?«, fragte sie.

»Achtundzwanzig. Wieso?«

»Man könnte dich für jünger halten.«

»Hei, du redest ja wie deine Schwester«, meinte er beleidigt.

»Entschuldigung«, sagte Aulikki.

»Entschuldigung angenommen. Sinikka entschuldigt sich auch dauernd bei mir, weil sie eine so spitze Zunge hat. Sie behauptet, es sei die Stimme eurer Mutter, die durch sie spricht. Ich habe die Schwiegermama zwar persönlich nie kennen gelernt, aber sie muss einen mächtigen Einfluss auf euch gehabt haben. Du sollst allerdings mehr nach dem Vater geraten sein, behauptet Sinikka.«

»Wie bin ich denn geraten?«, fragte Aulikki.

Er warf ihr einen Seitenblick zu und sagte: »Sinikka meint, du wüsstest nichts mit deinem Leben anzufangen, würdest nichts richtig anpacken. Also, ich finde, du bist doch auch viel jünger als sie. Woher sollst du schon wissen, was du willst. Meine Schüler und Schülerinnen wissen es auch meistens nicht. Sie wissen nur, dass sie ganz verrückt nach den Beatles sind. Aber ich höre sie auch gerne. Hübsche Abwechslung von dem trockenen Stoff, mit dem man sich täglich beschäftigen muss.«

Er unterrichtete Geschichte und Physik an einem Gymnasium.

Aulikki bedankte sich fürs Nachhausebringen. Die Beatles verabschiedeten sich von ihr mit *Yesterday, all my troubles seemed so far away.*

**In der Abteilung** der Bäckerei, in der Aulikki die Stelle bekommen hatte, wurden abends die Schulbrote für die Grundschulkinder zubereitet. Acht Frauen arbeiteten an zwei runden Tischen, die sich unablässig drehten. Die Brotscheiben wurden maschinell mit Butter beschmiert, zwei der Frauen standen jeweils um einen der rotierenden Tische und legten eine Scheibe Käse oder Wurst auf die Brote, die zwei anderen sammelten die fertigen Schnitten, klappten jeweils zwei aufeinander und legten sie in eine flache Holzkiste. Wenn der Boden mit einer Schicht Brote belegt war, kam ein Bogen Butterbrotpapier darauf und dann die nächste Schicht.

Die Tische drehten sich nicht sehr schnell. Diejenigen, die für das Auflegen von Käse oder Wurst zuständig waren, schafften es ohne Hektik. Die zwei anderen mussten sich beeilen mit dem Zusammenklappen und Stapeln. Gerechtigkeitshalber wechselten die Frauen immer wieder mal die Plätze. Am ersten Abend wies die Frau, die in der Schicht das Sagen hatte, Aulikki zum Verteilen von Käse und Wurst ein.

Die Frau stellte sich vor: »Anni!«

Aulikki nickte und sagte: »Aulikki.«

»Hat man mir schon erzählt«, sagte Anni.

Immer, wenn sie Aulikki etwas sagte, sprach Anni sie mit »Kind« oder in der dritten Person an.

Aulikki verpasste die Brotscheiben und die Wurstscheibe klatschte auf den Tisch.

»Sie muss schneller werden«, sagte Anni.

»Das Kind muss noch üben«, sagte sie später, wenn die fertigen Brote sich auf Aulikkis Platz türmten.

Die Frauen, mit denen sie zusammenarbeitete, waren alle über vierzig, vielleicht auch fünfzig. In dem Licht der Neonröhren wirkten ihre Gesichter alt und verbraucht.

Sie kannten einander schon länger und redeten über ihre Kinder, ihre Krankheiten und schimpften viel über ihre Männer.

Es gab auch Abende, an denen die Frauen versöhnlicher klangen. Sie dekorierten ihre Männer mit Orden für Treue und Fürsorge. Wenn einer der Männer Blumen mitgebracht hatte, schwelgten die Frauen in Erinnerungen an ihre ersten Rendezvous. Sie beschrieben die schüchternen Bewerber, hilflos in ungewohnten Anzügen schwitzend, mit ungeschickt gebundenen Krawatten, die Schuhe nach Butter riechend und die weißen Hemden ohne jeden Fleck. In den Erzählungen wurden ihre Männer immer jünger, bis Aulikki sie in kurzen Hosen, in einem kurzärmligen Hemd, mit Wasser gekämmtem Mittelscheitel vor der Sonntagsschule stehen sah.

Die Lippen der Frauen zitterten bei den Ausflügen an die Schauplätze ihrer Jugend und eine Weile belegten sie die Brote schweigend mit Schinkenwurst und Edamer und überlegten vielleicht, was für zukünftige Raubtiere sie mit diesen Broten fütterten.

Kurz darauf schnatterten sie wieder los.

Aulikki hörte ihnen zu und sah dabei auf die flinken Finger, die ihre Stimmung mehr verrieten als die gesprochenen Sätze. Mal warfen sie die Wurstscheiben wütend auf die Brote, als wollten sie sie jemandem um die Ohren klatschen.

Mal griffen ihre Finger fahrig in die Käsestapel, sie legten die Hand ängstlich auf die linke Brust oder fuhren sich erschöpft durch die Haare.

Wenn sie nach der Arbeit das Gebäude durch die Pforte verließen, wurden alle Handtaschen kontrolliert.

»Du musst aufpassen«, sagte eine der Frauen zu Aulikki. »Wenn die dich dabei erwischen, dass du etwas mitgenommen hast, wirst du sofort rausgeschmissen.«

»Was soll man denn schon von dort mitnehmen?«, fragte Aulikki.

Die Frau lächelte und zuckte die Schultern.

Weil Aulikki an dem Abend als die Neue dabei war, hatten die Frauen leere Taschen. Und sie hatten schlechte Laune, weil sie mittlerweile das Mitnehmen von Wurst, Käse oder Hefezöpfen als Teil ihrer Bezahlung ansahen. Aber sie wussten noch nicht, ob sie Aulikki vertrauen konnten. Sie war keine von ihnen. Sie hatte keinen Mann, keine Kinder und keine Sorgen.

Später nahm auch Aulikki Kuchen, Wurst und Käse mit. Sie konnte ihre Beute nie mit jemandem teilen, da Tante Tiina solche Geschenke nicht akzeptiert hätte. So aß sie nachts heimlich in ihrem Zimmer. Sie belegte ein Butterbrot mit drei Scheiben Wurst und vier Scheiben Käse. Da sie keinen eigenen Kühlschrank besaß, musste sie alles, was sie nicht essen konnte, heimlich aus der Wohnung schaffen und irgendwo anders wegwerfen.

Als ihr die Heimlichtuerei lästig wurde und sie den Käse und Schinken nicht mehr sehen konnte, hörte sie auf, für sich selbst etwas mitzunehmen, dafür bot sie sich bei den anderen als Gebäckträger an.

Die Frauen verstauten die Hefezöpfe, Wurst- und Käsepakete unter dem Hosenbund oder dem Rock, und darüber schnallte jede einen Gürtel.

Alle trugen weite Mäntel.

Der Kuchen war schwieriger zu verstecken, die Gewürzkuchen, Sandkuchen und andere wurden in die Ärmel gesteckt, oft nur unter dem Arm getragen, wobei das Öffnen der Taschen bei der Kontrolle mit einer Hand oft schwierig war. Der Pförtner warf einen flüchtigen Blick in das unschuldige Durcheinander von Pantoffeln, Taschentüchern, Schlüsseln, Sprudelflaschen und anderen Utensilien. Er sah nie etwas oder wollte nichts sehen.

Nachdem Aulikki sich als Träger zur Verfügung gestellt hatte, wurden die Frauen ihr gegenüber offener. Sie erzählten von ihren häuslichen Problemen, witzelten über ihre Männer und zogen Aulikki auf, weil sie noch keinen Freund hatte.

Aulikki mochte die Abendstunden in der Bäckerei. Sie fühlte sich wohl, wenn sie ihre Hände neben den anderen bei der Arbeit sah.

Einmal sagte Anni: »Ich gehe am Samstag tanzen. Will eine von euch mitkommen? Und das Mädchen nehmen wir mit, damit sie etwas Farbe ins Gesicht bekommt. Sie sieht ja aus wie Dornröschen nach ihrem tausendjährigen Schlaf, oder waren es nur hundert Jahre?«

Anni trällerte: *Ich denke an die Zeit der Jugend,* und alle anderen sangen mit. Danach herrschte melancholisches Schweigen, nur die Tische drehten sich mit eintönigem Surren. Aulikki sagte zu Anni, sie würde mit tanzen gehen.

Zwei andere Frauen wollten auch mitkommen.

Anni wirbelte um Aulikki herum, als sei sie ihre älteste Tochter, die für den ersten Ball vorbereitet wurde. Und das erste Mal sprach sie Aulikki direkt an. »Du hast doch was zum Anziehen? Sonst kann ich dir von meiner Tochter etwas mitbringen. Sie hat allerlei Fummel in ihrem Schrank.«

Aulikki kam sich immer lächerlich und hilflos vor, wenn sie versuchte, sich herauszuputzen. Als würde sie sich für eine Rolle in einem Theaterstück zurechtmachen, ohne das Stück und die Dialoge zu kennen. Am wohlsten fühlte sie sich in einer alten Hose und einem alten Pulli.

Schon als Kind hatte sie Schwierigkeiten mit jeglicher Art von Kleidung, ob sie kleidsam sein oder sie nur vor Kälte und Nacktheit schützen sollte. Die Strümpfe kratzten, das Gummiband der Hose war zu eng, der Rock kam ihr zu kurz vor. Sie war immer mit Zupfen, Ziehen und Zurechtrücken irgendeines Kleidungsstücks beschäftigt.

»Was windest du dich ständig? Du gebärdest dich wie eine Schlange, die sich häuten will«, sagte ihre Mutter dann.

Für den Tanzabend kaufte sie sich ein rotes Kleid mit enger Taille, der Rock bestand aus drei Schichten Tüll. Es war ärmellos und hatte einen weiten Ausschnitt. Das Kleid sah aus, als könnte es Anni gefallen. Ihrer Tante gefiel es nicht.

»Willst du mit den Weibern auf den Strich gehen?«, fragte sie.

Anni hatte ein schwarzes Kleid angezogen, mit einem Oberteil, das golden glitzerte. Aulikki wurde von den zwei anderen Frauen bewundert, die beide einen schwarzen Rock und eine weiße Bluse trugen und kaum von den Kellnerinnen zu unterscheiden waren.

Anni steuerte auf einen Tisch in der Nähe der Kapelle zu und bestellte gleich vier Rum mit Cola. Die Kellnerin wollte Aulikki keinen Alkohol bringen, aber Anni behauptete, sie sei ihre Tochter und immerhin schon zwanzig Jahre alt.

Die Kellnerin zuckte die Schultern und meinte: »Von mir aus, ist ja nicht meine Tochter.«

Aulikki nippte an ihrem Glas. Die anderen nahmen einen tiefen Schluck und sahen sich dann im Saal nach Tanzpartnern um. »Hier gibt es auch Damenwahl«, erklärte Anni, nachdem sie festgestellt hatte, dass die meisten Männer in Frauenbegleitung waren. »Außerdem ist es noch früh, die schüchternen Kavaliere trinken sich erst zu Hause Mut an und kommen später.« Anni sah auf ihre Uhr, als hätte sie schon Erfahrung damit, wann dieses Später sein würde.

Ihr Gesicht leuchtete auf, als sie zum Tanz aufgefordert wurde. »Nicht verzagen, Mädels!«, rief sie den anderen zu und warf sich dem Glatzkopf, der einen Kopf kleiner war als sie, in die Arme. Er tanzte gut, Anni auch. »Die Anni, die weiß mit Männern umzugehen«, sagte eine der Frauen zu Aulikki und die andere meinte: »Sie ist ja schon dreimal verheiratet gewesen, da lernt man alles über die Männer.«

Aulikki wurde auch von einem Mann aufgefordert. Er war älter als ihr Vater, er roch nach abgestandenem Bier, schwitzte, klopfte ihr beim Tanzen auf den Rücken und tuschelte ihr ins Ohr. »Sei doch nicht so steif. Lass dich führen. Was macht denn so ein hübsches Mädchen hier? Na, was macht es denn?«

»Es versucht zu tanzen«, antwortete Aulikki und er sagte:

»Du musst nicht gleich pampig werden, oder glaubst du, etwas Besseres zu sein!« Er brachte sie zu ihrem Platz zurück, verbeugte sich und kehrte ihr beleidigt seinen steifen Rücken zu.

»Was hast du denn mit dem gemacht? In die Eier getreten?«, fragte Anni, die erhitzt an den Tisch kam, um zwischendurch einen Schluck zu trinken.

Auch die zwei anderen Kolleginnen fanden Tänzer. Aulikki sah ihnen zu und dachte, dass sie sich am falschen Ort befand, in falscher Gesellschaft, und dass es bei ihr immer die falschen Menschen und der falsche Ort sein würden, weil sie gar nicht wusste, mit wem sie wo sein wollte.

Aulikki schaute auf ihr Glas, wagte aber nicht, viel zu trinken, und als sie hochblickte, stand vor ihr ein dünner, junger Mann und fragte, ob sie tanzen wollte. Aulikki stand auf. Sie tanzte viermal mit ihm, und dann holte Anni den jungen Mann an den Tisch und fragte ihn gründlich aus. Was er beruflich mache, ob er verheiratet sei, ob er viel trinke und ob er Aulikki nicht entzückend finde.

Als der Mann auf der Toilette war, sagte Anni: »Dünn ist er ja, aber er macht einen anständigen Eindruck, und hast du gehört, was er macht? Irgendetwas mit Großrechnern. Wenn du mich fragst, das stinkt nach Geld.«

Die Frauen redeten über ihre Männer, während sie nach anderen Ausschau hielten. Anni lachte und sagte: »Ich habe meinem Mann gesagt, er soll das Ding in seine Socke stecken, dort bleibt es warm und stört niemanden.«

Die Musik dröhnte in Aulikkis Ohren und die Paare auf der Tanzfläche schienen ihr grotesk und unwirklich. Panik stieg in ihr hoch.

Der dünne Mann kam zurück an den Tisch. Er hatte kummervolle Augen und eine Nase, die wie ein Eisbrecher aus dem Gesicht ragte und vielleicht eine Ursache seines Kummers war. Er hieß Veli, was Bruder bedeutet.

Aulikki wollte die klebrigen Schlager nicht mehr hören, sie konnte das Kichern und Gackern, die sehnsüchtigen Blicke von Anni und den beiden anderen nicht mehr ertragen. Sie verließ das Restaurant mit Veli.

Die drei Frauen blieben noch, um auf die Nachzügler zu warten, auf die Männer, die noch kommen würden.

Draußen blieb Aulikki einen Augenblick stehen und lehnte sich an Veli. Sie fühlte sich, als sei sie verprügelt worden.

»Schön, die Sterne«, sagte Veli. Sie nickte.

Er wohnte in der Nähe des Restaurants, was der Grund war, warum er zufällig dort gelandet sei, wie er ihr erklärte.

Er hatte eine große Wohnung, mit Ledersesseln und Glastischen, mit Graphiken und modernen Gemälden an der Wand.

Er sammle Kunst, sagte Veli, da er etwas Geld übrig habe. Aulikki sah sich die Bilder an, alle stammten von finnischen Künstlern, viele zeigten geometrische Figuren in klaren Farben. Nur ein Gemälde gefiel ihr. Es zeigte eine Frau und einen Mann, deren Schultern sich noch berührten, die ihre Blicke aber voneinander abgewandt hatten. Das Bild war in Blau- und Brauntönen gemalt, und Aulikki fand, dass die sich berührenden Schultern angespannt und traurig wirkten. Veli erzählte ihr, dass es das Porträt eines befreundeten Ehepaares sei und von der Frau auf dem Gemälde stamme. »Sie sind nicht mehr zusammen«, sagte er, und Aulikki dachte, dass man die bevorstehende Trennung auf dem Bild erkennen konnte.

Veli erzählte ihr über seine Arbeit mit den Rechnern und sagte, dass sie eine Zukunft hätten. Er sagte es so niedergeschlagen, als würde es ihn nicht freuen. Er fragte Aulikki, ob sie noch ein Glas Wein trinken wolle und sie schüttelte den Kopf. Er holte Orangensaft mit Eiswürfeln und dann setzte er sich zu ihr auf die Couch und seufzte. Aulikki nippte an ihrem Saft.

»Ich möchte dir etwas zeigen«, sagte Veli. »Du wirst bestimmt lachen«, meinte er und legte die Finger auf die Lippen, als müsse er sich selbst daran hindern, etwas auszuplaudern. Er ging ins Schlafzimmer. Aulikki war müde, die Augen fielen ihr fast zu. Sie starrte das Porträt des Paares an. Die Frau war im Profil zu sehen. Sie wirkte selbstbewusst, ein wenig unnahbar. Ihr Mann hatte den Blick halb zu ihr gewandt. Er wirkte schwermütig und ratlos.

Veli brauchte lange für seine Vorbereitungen. Aulikki wollte gerade ihre Schuhe anziehen und gehen, als er in der Schlafzimmertür erschien und sagte: »Jetzt darfst du lachen.«

Sie lachte nicht. Sie wusste, dass es ihn verletzt hätte. Seine Augen flackerten und er lächelte, aber es war ein zitteriges Lächeln, das nicht auf den Lippen bleiben wollte.

Er hatte sich auch ein rotes Kleid angezogen. Ein ärmelloses Seidenkleid. Er trug hochhackige, rote Lackschuhe. Und er hatte sich geschminkt. Er war zart gebaut und sah in dem Frauenkleid nicht schlecht aus. Nur im Gesicht sah er aus wie ein Kakadu. Er griff an seine Nase. »Dieser Schnabel macht alle Bemühungen zunichte.«

»Warum machst du das?«, fragte Aulikki.

»Na hör mal!«, rief er. »Weil es mich befriedigt. Mir ein gutes Gefühl gibt. Du liebst doch auch schöne Kleider und Schminke.«

»Eigentlich nicht«, sagte sie.

Er kam mit Trippelschritten auf sie zu, fasste sie an der Hand und fragte: »Tanzen wir?«

Aulikki fand ihn albern. Seine Begeisterung für die Kleider, für die Schminke, das ganze Getue verstand sie nicht. Sie fand ihn zu alt für solche Spiele, sie fand sich auf jeden Fall zu alt für das Spiel.

Aber sie folgte ihm ins Wohnzimmer, er trippelte mit seinen hohen Absätzen, und sie schlich auf Strümpfen hinterher. Er legte eine Platte auf, und Frank Sinatra sang irgendeinen Schlager, den Aulikki nicht kannte, und Veli zog sie an sich. Er tanzte mit ihr auf die Couch zu, legte sie darauf und fragte: »Hast du schon mal mit jemandem geschlafen?«

Sie schüttelte den Kopf.

Er setzte sich auf die Couchkante, zog die Schuhe aus und fragte: »Möchtest du oder möchtest du nicht?«

»Woher soll ich das wissen«, sagte sie.

Er lachte. »Stimmt, du hast ja keine Ahnung.«

Er zog ihr Kleid aus und sie kuschelte sich in der Unterwäsche auf der Couch zusammen.

Veli drehte die Platte von Frank Sinatra um und der sang: *Strangers in the night.*

Veli summte mit, legte die Hand auf ihre Brust und fragte: »Wie fühlt sich das an?«

»Geht so«, sagte sie.

Er legte die Hand ganz leicht zwischen ihre Beine: »Und das?«

»Geht so«, sagte sie.

Er lachte. »Du bist ein sehr leidenschaftliches Mädchen!«

Aulikki lachte auch. Sie lachte, bis ihr die Tränen kamen.

Veli wischte sie ab und sagte: »Hier passiert gar nichts, was du nicht willst.«

»Tut es weh?«, fragte sie.

»Vielleicht ein bisschen.« Er legte sich auf den Rücken.

»Du musst dein Kleid auch ausziehen«, sagte Aulikki.

»Ich dachte, du würdest mich ausziehen.«

»Das möchte ich nicht«, sagte sie.

Er seufzte und zog das Kleid und sein winziges rotes Höschen aus, ließ sich wieder auf die Couch fallen und machte ihr Zeichen, dass Aulikki die Unterhose ausziehen und sich auf ihn setzen solle. Sein Glied kam Aulikki erschreckend groß vor.

Plötzlich sprang Veli auf. »Ich hole ein Handtuch, weißt du, wegen der Ledercouch!«

Er legte ein dunkelblaues Frotteetuch auf die Couch. Aulikki stand daneben und wartete auf seine Anweisungen.

»Leg du dich auf den Rücken, ich glaube, wir probieren das so. Das ist vielleicht besser.«

Aulikki lag auf dem Rücken wie ein Käfer, der sich tot stellt. Veli lächelte freundlich. Sie sah die Haare, die in seiner Nase wuchsen und ein winziges Muttermal unter dem rechten Auge. Um den Mund hatte er zwei tiefe Falten, aber seine Stirn war glatt.

Er hörte auf zu lächeln, sah sie bekümmert an und meinte: »Du hast sehr schmale Hüften«, als sei sie dabei, ein Kind zu gebären, und dann legte er sich auf sie und flüsterte: »Ich bin ganz vorsichtig.«

Trotzdem tat es weh. Aulikki biss die Lippen zusammen, Veli stöhnte und dann rief er: »Achtung!« Er zog den Penis mit einem Ruck heraus, und der Samen spritzte auf ihren Bauch. Er lächelte wieder, nahm das Unterhöschen und putzte Aulikkis Bauch ab, und dann putzte er auch sein Glied ab, wo noch ein Tropfen hing, vorsichtig, wie man sich die Nase putzt, wenn man Schnupfen hat.

Er stand auf, zündete sich eine Zigarette an und legte sich zu ihr.

»War es schlimm für dich?«

Sie schüttelte den Kopf.

»Hat es dir wehgetan?«

Sie sagte: »Ging so.«

Er fragte: »War es denn ein bisschen schön für dich?«

»Nicht so richtig.«

Er kicherte. »Ein bemerkenswert ehrliches Mädchen!« Und dann drohte er: »Wenn du das jemandem nur mit einem Wort erzählst, bring ich dich um!«

»Warum sollte ich? Du hast mich doch nicht vergewaltigt.«

»Das meine ich nicht. Ich meine die Klamotten und die Schminke.«

»Ich erzähle nie jemandem etwas«, sagte Aulikki. »Kann ich jetzt schlafen?«

Er strich ihr über den Kopf: »Weiß Gott, warum du dich beschlafen lässt, wenn du nur ein Bett für die Nacht brauchst. Geh ins Schlafzimmer und deck dich zu. Ich pass auf dich auf.« Als Aulikki im Bett lag, kam er an die Tür.

»Keine Angst, ich will dir nur eine Frage stellen, das heißt eigentlich zwei: Vermisst dich niemand zu Hause? Und wie alt bist du?«

Aulikkis Großtante verbrachte das Wochenende bei einer Freundin, und sie antwortete: »Mich vermisst niemand zu Hause und ich bin siebzehn. Bald achtzehn.«

Als sie am nächsten Morgen aufwachte und ins Badezimmer ging, stand er schon in Anzug und Krawatte, eine Kaffeetasse in der Hand, mitten im Wohnzimmer. Er wirkte hilflos und dürr zwischen den mächtigen Möbeln, vor den großen Bildern.

»Du hasst mich jetzt wahrscheinlich«, sagte er.

»Warum sollte ich dich hassen?«

»Weil es nicht schön für dich war. Aber beim ersten Mal ist es für die Frau nie schön, egal mit wem sie zusammen ist.«

»Kann sein«, sagte sie. »Das werde ich jetzt nicht mehr erfahren, wie das mit einem anderen gewesen wäre.«

»Es gibt immer nur ein erstes Mal«, meinte er und dann sagte er, dass er zu einem Kunden nach Turku fahren müsse und Aulikki bleiben und auf ihn warten könne, aber er würde sie auch nach Hause fahren oder zu einem ähnlichen Ort, falls so einer für sie existiere. Sie sagte, dass sie mitfahren würde, und er holte für sie auch eine Tasse Kaffee und fragte, wie viele Stücke Zucker sie haben möchte, und rührte ihren Kaffee um und gab ihr die Tasse, die groß und mit blauen Blumen bemalt war. Aulikki sagte ihm, dass sie die Tasse sehr schön fände. Er schenkte sie ihr. Sie zog ihr Kleid an, das am frühen Sonntagmorgen noch greller aussah. Der Mantel bauschte sich über den Tüllschichten.

»Du siehst aus wie Mary Poppins«, sagte Veli. »Breite die Arme aus und flieg in eine schönere Welt.«

»Ich habe doch keinen Schirm«, sagte sie.

»Dir fällt aber auch jeder Mangel auf«, meinte er.

Im Auto stellte er das Radio an. Auf einem Programm war Gottesdienst, auf einem anderen sang Ray Charles und Veli sagte, dass Ray Charles blind sei.

»Ich weiß«, sagte Aulikki. »Zumindest trägt er immer diese dunkle Brille, als sei er blind.«

»Du glaubst wohl nie, dass Dinge das sind, wonach sie aussehen?«

»Nie würde ich nicht sagen«, antwortete Aulikki.

Er lachte. »Nein, natürlich nicht.«

Dann sagte Veli plötzlich, dass er ziemlich einsam sei und dass der Beruf des Programmierers auch ein ziemlich einsamer Job sei, und dass es letztlich egal sei, weil alle Menschen mehr oder weniger einsam seien, egal was für einen Job sie hätten.

»Sollen wir beide wieder mal tanzen gehen?«, fragte er.

»Ich glaube nicht, dass mir Vergnügungen so großen Spaß machen«, antwortete Aulikki.

»Wir können auch auf dem Friedhof spazieren gehen«, sagte er.

Aulikki dachte, dass er sie auf den Arm nahm, aber er meinte es ernst. Er ging oft auf dem Friedhof spazieren. »Die Toten sind so verständnisvoll«, meinte er. Sie gab ihm ihre Telephonnummer. Er schrieb ihr seine auf, auch seine Adresse und sagte: »Wann immer du eine Schulter zum Weinen brauchst, oder sonst was, ich bin immer für dich da.«

Sie lachte.

»Was ist denn daran so komisch?«, fragte er.

»Ich dachte, nur die Leute in den Filmen sprechen solche Sätze: Ich bin immer für dich da.«

Er lachte auch. »Kann gut sein, dass der Satz aus irgendeiner Schnulze ist. Ruf aber trotzdem an, wenn du mich brauchst oder Lust auf meine verrückte Gesellschaft hast.«

Zum Abschied drückte er Aulikki einen Kuss auf die Nasenspitze und sagte: »Deine Nase möchte ich haben«, und dann rief er ihr noch hinterher: »Und deine Beine!«

In ihrem Zimmer fragte sich Aulikki, warum sie mit ihm geschlafen hatte. Wegen seiner großen Nase, die Veli Kummer bereitete, oder wegen der Zukunft der Großrechner, die ihn auch nicht glücklich machte? Sie wusste es nicht. Aulikki hängte das rote Kleid in den Schrank.

Anni und die anderen Frauen waren neugierig zu erfahren, was Aulikki mit dem jungen Mann erlebt hatte. Sie erzählte nur, dass er nett gewesen sei und sie nach Hause begleitet habe und mehr sei nicht gewesen. Sie glaubten ihr nicht oder wollten ihr nicht glauben. Sie nahmen es übel, dass sie nichts Aufregendes zu hören bekamen. Aulikki arbeitete noch zwei Wochen in der Bäckerei und dann war das Knie der Frau, die sie vertrat, auskuriert. Sie verabschiedete sich von den Frauen, die froh waren, dass die andere Frau zurückkam, eine Frau, die die Männer kannte, Kinder hatte und ihre Sorgen teilte.

Aulikki vermisste abends manchmal die Tische, die sich drehten.

**Sie besuchte** die Bibliothek und lieh sich einige Bücher über Philosophie aus. Eigentlich suchte sie etwas über Solipsismus, um zu erfahren, womit Petri sich beschäftigte, aber sie fand kein Buch, in dem diese philosophische Richtung abgehandelt wurde. Sie blätterte in den Büchern, die sie mitgebracht hatte, markierte einige Sätze mit dem Bleistift und radierte es wieder aus, als ihr einfiel, dass die Bücher nicht ihr gehörten. Einige Sätze behielt sie im Kopf. Von Montaigne die Frage: Wenn man das Schöne an sich nicht sehen kann, gibt es das dann? Und von Kant, dass eine Kopie dieselben angenehmen Empfindungen hervorrufen sollte wie das Original. In einem Buch mit Aphorismen von Georg Christoph Lichtenberg fand sie den Satz: *Die Menschen können nicht sagen, wie sich eine Sache zugetragen, sondern nur wie sie meinen, daß sie sich zugetragen hätte.*

Den Satz schrieb sie auf. Aber sie ging all den Sätzen, die sie las, nicht nach. Sie dachte an die vielen Bilder, die sie mit sich herumschleppte, als hätte sie einen Fotoapparat im Kopf, der ständig neue Aufnahmen machte. Sie dachte, dass andere Menschen einen Zensor im Kopf trugen, der ihre Aufnahmen nach guten und schlechten, nach wichtigen und unwichtigen aussortierte. In ihrem wurden die Aufnahmen nicht einmal entwickelt. Sie blieben verschwommene Negative.

Die Welt kam ihr wie ein kompliziertes Puzzlespiel vor, dessen Teile so klein waren und sich so ähnlich sahen, dass sie den Anfang nicht fand. Sie konnte das Puzzle nicht zusammensetzen.

Sie überlegte, ob sie je etwas richtig lernen würde. Ihr Blättern in den Philosophiebüchern brachte nichts, weil sie nicht wusste, was sie in ihnen suchte. Sie brachte die Bücher zurück in die Bibliothek. Die vielen Bücher, zu denen sie keinen Zugang hatte, deprimierten sie. Ihre goldbeschrifteten Lederrücken schienen ihr zu sagen: Du bist unser nicht wert.

Sie lief durch die Straßen. Manchmal nahm sie nichts und niemanden um sich wahr. Sie war wie erblindet von ihren trüben Gedanken. Manchmal schaute sie in die fremden Gesichter, versuchte zu erraten, was für ein Leben die dazugehörigen Menschen führten, welchem Beruf sie nachgingen. Ob sie neugierig waren, neue mathematische Formeln fanden, abends nach Sternen suchten, von einem neuen Kometen träumten. Ob sie in die Schule gingen, um Kinder in Botanik zu unterrichten, ob sie ihnen Herbstblätter in die Klassenzimmer mitbrachten. Gab es Verkäufer, die sich an ihrer Ware erfreuten, und Straßenbauer, die Pflastersteine schön fanden? Sie dachte, wenn sie ein Architekt wäre, würde sie jeden Abend beten müssen, dass die Häuser, die sie bauen ließ, den Menschen nicht über ihren Köpfen einstürzten.

Manchmal fiel es ihr schwer, aufzustehen und das zu tun, was sie tun sollte.

Manchmal spürte sie einen glühenden Schmerz, der durch den Kopf zog, wenn sie schnell, linkisch den Hals drehte und sich irgendein Nerv zwischen den Wirbeln einklemmte. Plötzlich war der Schmerz wieder verflogen, sie bewegte den Kopf nach links und rechts und spürte nichts mehr. Sie glaubte nicht, dass der Schmerz so schnell verschwunden sein konnte, und sie bewegte den Kopf ruckartig, aber sie fand den Schmerz nie, wenn sie ihn suchte. Sie dachte an die Zellen in ihrem Kopf und sie befürchtete, der Schmerz zerstöre die Bindungen zwischen den einzelnen Zellen und eines Tages würden die Zellen in ihrem Kopf einander nicht mehr kennen. Wie bei ihrem Großvater. Auch das machte ihr Angst. Im nächsten Augenblick befiel sie eine große Müdigkeit und ihr waren die ganzen Bindungen nicht mehr wichtig.

Sie war viel allein. Wenn es still war, verlor sie das Gefühl für die Zeit. Wenn sie nicht einschlafen konnte, lag sie mit offenen Augen im Bett und die Gedanken schlichen um sie herum wie bettelnde Hunde. Irgendwann schaute sie auf die Uhr, weil sie dachte, sie müsse jetzt schlafen, und stellte fest, dass es Zeit war aufzustehen. Wenn sie allein war, merkte sie nicht, wie die Zeiger der Uhr sich bewegten. Manchmal legte sie eine Platte auf. Sie hörte Musik, oft hörte sie auch Gedichte von Nils Ferlin an, gesungen von Sven Bertil Taube. Er sang von kleinen Poeten, von den großen Kometen, von einem grauen Vogel. Er sang von der Schönheit, die ins Dorf kommt und die Weisheit vertreibt. Er sang von den Liedern und Gedichten, die behaupten, dass jedes Mal, wenn ein Mensch stirbt, ein Stern herunterfällt.

Und er sang, dass die Sterne immer gleich blinken, egal, ob jemand kommt oder geht. Aulikki hörte die Stimme und die Worte fielen auf ihre Haut wie Regentropfen. Sie wartete, dass der Schauer vorbeiging.

Durch eine Zeitungsannonce fand Aulikki eine Stelle bei der englischen Botschaft. Der Botschafter und seine Frau suchten eine Küchenhilfe. Es waren angenehme Menschen und sehr englisch, dachte Aulikki, obwohl sie noch nie vorher Engländern begegnet war. Er war ein Hundenarr und sah aus, als habe er so viel Zeit mit seinen Jagdhunden verbracht, dass er ihnen ähnlich geworden war. Sogar sein Lachen klang wie ein Bellen. Sie war eine zierliche Frau, die immer fror und im Haus eine alte Strickjacke über ihren Kleidern trug. Ihre Kleider hatten Farben, die in Finnland keine erwachsene Frau getragen hätte. Rosa, hellblau oder türkis oder auch apricot. Die villenartigen alten Häuser der verschiedenen Botschaften standen alle an einer Straße mit Blick aufs Meer. Aulikki wurde ein Zimmer in dem Haus angeboten, aber sie blieb bei ihrer Tante, weil die Arbeit wieder nur für kurze Zeit sein würde. Das hatte man ihr gleich bei der Vorstellung mitgeteilt.

Mr. Wilson, der Botschafter, nahm Aulikki manchmal auf die Schippe, und wenn sie seine Späße nicht verstand, erklärte er: »It was only a joke.« Mrs. Wilson nannte Aulikki »Darling«, Mrs. Wilson nannte alle »Darling«, ihren Mann, Aulikki, die Putzfrau und Babu, den Koch. Der Koch war ein Inder, aber er war in England geboren, und sie hatten ihn mitgebracht, weil er »the best cook in the world« war.

Babu brachte Aulikki das Kochen bei, sie lernte Curry als Gewürz kennen und aß das erste Mal Reis als Fleischbeilage. Sie kannte sonst nur Reisbrei mit Zimt und Zucker. Babu kochte nicht nur indische Gerichte, er kochte das, was Mr. Wilson mochte. Zum Beispiel gebratene Nieren. Mrs. Wilson aß alles und sehr wenig von allem.

Der Botschafter fragte Aulikki aus. Was sie bis jetzt gemacht hätte und was sie noch machen wolle, und er meinte, sie solle unbedingt das Abitur machen und nachher in England studieren. »But only in Cambridge«, sagte Aulikki.

Mr. Wilson lachte: »She is joking, too. She is learning!«

Aulikki fiel wieder die Annonce ein, die sie an der Uni gesehen hatte, in der jemand Russisch- oder Englischunterricht gegen Vorlesen anbot. Sie rief die Nummer an, und eine reservierte Männerstimme teilte ihr mit, dass er schon ein anderes Mädchen gefunden habe, das ihm vorlas und mit dem er Russisch übe. Er schrieb Aulikkis Nummer auf, für den Fall, dass das andere Mädchen aus irgendeinem Grund keine Zeit hätte oder das Interesse an der russischen Sprache verlieren würde.

Aulikki meldete sich auch in der Abendschule an. Mrs. Wilson freute sich.

»Alle meine Kinder haben die Schule gerne besucht. Für dich ist es auch die richtige Entscheidung. Du willst doch nicht dein Leben lang in der Küche stehen und Geschirr spülen«, sagte sie.

Sie war sechzig Jahre alt und bereits Großmutter, nur sah sie weder ihre Kinder noch die Enkelkinder oft, weil sie und ihr Mann von einem Land ins andere reisten. Sie waren viele Jahre in verschiedenen Staaten Afrikas gewesen und auch in Indien. Als sie von den afrikanischen Ländern erzählten, stellten sie fest, dass Aulikkis geographische Kenntnisse schwach waren. Zu Weihnachten bekam sie einen Atlas geschenkt, damit sie immer vor Augen hatte, »what there is all around«. Der Botschafter erzählte ihr begeistert von der Namibwüste, von dem Südwestwind, von den wandernden Sandbänken, von der Geschwindigkeit, mit der sie vom Wind weitergetrieben werden. Er erzählte von dem Ostwind und von den Sandfestungen, die entstehen, wenn der Südwestwind von der anderen Seite bläst und der Ostwind dagegen bläst, und der Sand von der einen und von der anderen Seite bezwungen wird und sich sammelt und immer höher und fester wird, wie eine Mauer.

Aulikki sah die Wüste klar vor ihren Augen.

Babu stellte ihr einen Kohlkopf auf den Tisch. »Waschen, die Strünke entfernen und klein hacken«, sagte er.

»Wo bleibt das Gemüse?«, fragte er.

»Rühr mal die Eier«, sagte er.

Und dann kam der Botschafter, weil ihm ein Knopf am Hemd fehlte oder locker saß, und Aulikki ging mit ihm und nähte ihn an, und er sagte: »Darling, what would I do without you?« Und Mrs. Wilson zwinkerte Aulikki zu und sagte: »Yes, what would that poor man do without women.«

Und Babu rief: »Zu viel schmutziges Geschirr, Mädchen. Spülen!«

**In der Schule** traf Aulikki wieder auf Gleichaltrige. Sie war gehemmt und wusste nur wenig mit ihnen zu reden. In ihrer Klasse waren aber auch ein paar Ältere, die sich erst nach einer Ausbildung und einigen Jahren Berufspraxis entschlossen hatten, das Abitur zu machen und zu studieren. Eine dieser Frauen nahm Aulikki unter ihre Fittiche.

Sie war dreißig, hatte nach der Hauptschule lange in einer Fabrik gearbeitet und dann erst die mittlere Reife in der Abendschule nachgeholt. Jetzt wollte sie die Hochschulreife erwerben, um studieren zu können. Sie war in einem Waisenhaus aufgewachsen und erzählte Aulikki ausführlich Geschichten über Kindesmissbrauch und über Misshandlungen. Sie erzählte ihr auch ihre Geschichte, über die Mutter, die soff, und den Vater, der sie schlug, und Aulikki hatte Mitleid mit ihr und mit den anderen Kindern. Manchmal hatte sie auch Angst vor der Frau und vor ihren Geschichten.

Aulikki hörte zu und die Frau fragte: »Wie war es denn bei dir?«

Und Aulikki dachte, dass sie ihr nichts erzählen konnte. Sie hatte keine tragische Geschichte. Keine Narben am Körper, die sie zeigen konnte, keine Mutter, die sie ins Waisenhaus gesteckt hatte. Sie hatte nur ihre Traurigkeit und ihre Angst, die keine Geschichte hatten und damit irgendwie grundlos schienen.

Aulikki sagte: »Meine Mutter ist gestorben, als ich zehn war.«

»Da kannst du nur froh sein«, meinte die Frau.

Aulikki sagte: »Ich habe nicht viel Kontakt zu meinem Vater.«

»Männer taugen eh nichts«, sagte die Frau und lachte laut.

Ihr Lachen klang, als würde sie Hindernislauf üben und die Latten lägen immer zu hoch.

Die Augen der Frau machten Aulikki Angst. Sie waren wie gefrorenes Wasser, und wenn sie Aulikki ansah, wurde ihr kalt. Wenn sie besitzergreifend Aulikkis Hand nahm, hatte sie Angst, die Frau würde die Hand nie wieder loslassen, und Aulikki müsste ihr überall hin folgen. Die Frau wollte Sozialpädagogik studieren und in einem Waisenhaus arbeiten. Als Aulikki sie fragte, warum, erklärte die Frau, dass sie besser als sonst jemand wüsste, was diesen Kindern und Jugendlichen fehlte, und sie wollte ihnen all die Zuneigung und Liebe geben, die sie selbst nicht erfahren hatte.

Aulikki konnte sich nicht vorstellen, dass jemand Liebe geben kann, wenn er Liebe nie erfahren hat. Sie entzog ihre Hand den Händen der Frau. Diese würdigte Aulikki keines Blickes mehr.

Als Aulikki sieben Jahre alt war, wollte sie Ballettstunden nehmen. »Du bist zu dick, Kind«, sagte ihre Mutter.

Zwei Jahre später war sie zu dünn.

»Zu spät«, sagte die Mutter. »Für Ballett bist du zu alt.«

Sie war immer zu alt oder zu jung für die Dinge, die geschahen oder von denen sie wünschte, sie würden geschehen.

Dann fand Aulikki eine Freundin in der Abendschule. Sie hieß Anniina.

Auch Anniina wusste schon, was sie nach dem Abitur machen würde. Sie wollte Grundschullehrerin werden. Als sie es erzählte, dachte Aulikki, dass die Kinder sie bestimmt mögen würden. Anniinas Worte klangen wie angewärmt, sie hatte ein rundes Gesicht, sie hatte runde Schultern, runde Brüste und runde Hüften. Und auch wenn sie manchmal seufzte: »Ich habe wieder etwas zugelegt«, schienen sie all die runden Kilos nicht sehr zu stören. Sie aß gerne und lachte viel. Sie weinte auch viel. Sie erzählte Aulikki, dass sie geweint habe, als John F. Kennedy 1963 ermordet wurde. 1964 hatte sie um ihre tote Katze weinen müssen, und ein Jahr später starb ein Nachbar, der ein guter Mann gewesen war, und sie weinte auch um ihn. Eine Tante von ihr erkrankte an Krebs, und sie weinte noch mehr als über die Toten, weil die Tante noch leiden musste. Und als 1968 Martin Luther King ermordet wurde und dann noch die Russen in Prag einmarschierten, tröstete Aulikki sie, weil Anniina so sehr weinte. Anniina sagte oft: »So eine schreckliche Welt, wo doch alles so schön ist.«

Die unterschiedlichsten Gefühle brachten Anniinas Blut in Wallung und ihr Blut jagte mit solcher Geschwindigkeit durch die Adern, dass es manchmal vergaß, den Kopf mit Sauerstoff zu versorgen, aber ihr Herz wurde gut durchblutet und schlug kräftig für alle.

Mit Anniina zusammen zu sein war wie schaukeln. Ihre Tränen gaben ihrem Lachen Schwung. Wenn sie genug geweint hatte, putzte sie sich die Nase und sagte: »Jetzt müssen wir aber etwas Lustiges machen.«

Sie gab Aulikki Ratschläge: »Zieh doch das blaue Kleid an. Zieh doch das gelbe Kleid an. Binde deine Haare hinten zusammen. Kämm sie nach oben.«

Sie fragte Aulikki: »Liebst du auch James Dean? Wie viele Jungs hast du schon geküsst? Hast du auch an Elizabeth Taylor geschrieben, damit du ein Foto von ihr bekommst? Ich habe immer noch ihr Foto in meinem Mathebuch. Und auch eins von Robert Mitchum. Eine Hochglanzaufnahme! Unter meinen vielen Küssen hat der Glanz etwas gelitten. Macht nichts. Sind sie nicht wunderbar, die Stars? Ach, hätte ich doch die Augen von Liz Taylor. Dafür würde ich zehn Kilo abnehmen.«

»Was willst du werden?«, fragte Anniina.

Aulikki sagte, sie wüsste es noch nicht.

»Was wolltest du als Kind werden?«

»Balletttänzerin.«

»Das wäre das Richtige für dich gewesen. Du hast die Figur! Ich wollte auch Ballett tanzen lernen, aber meine Mutter sagte, ich sei zu stämmig. In einem weißen Röckchen würde ich aussehen wie ein Schneehuhn, das sich gegen die Kälte aufplustert. Sie hatte wahrscheinlich Recht.«

Sie plauderte und plauderte und manchmal wurde Aulikki schwindelig dabei.

Anniina merkte, wenn Aulikki keine Lust mehr hatte, in ihrem Redefluss mitzuschwimmen. Dann wurde sie ernst und sagte: »Komm, wir machen einen Spaziergang durch die Stadt und ich verspreche dir, mich wie eine vernünftige Achtzehnjährige zu benehmen.« Sie schauten sich die Schaufenster an, sie studierten die Kinoprogramme, lasen die Ankündigungen der Theateraufführungen und wer wo wann Gedichte rezitieren würde. »So viel Bildung«, seufzte Anniina. »In dieser Stadt lernen wahrscheinlich sogar die Hühner, statt Eiern gedruckte Seiten zu legen.«

»Aber wir leben nur einmal!«, rief sie und pfiff allen Jungs hinterher, die einen knackigen Hintern hatten.

**Bei Mathearbeiten** half Aulikki ihrer Freundin. Mathematik fiel Aulikki leicht, der Lehrer war beeindruckt von ihrem mathematischen Verständnis.

Der Mathelehrer lebte von seiner Frau getrennt. Manchmal spielte Aulikki mit ihm Tischtennis im Sportraum, und er erzählte ihr, dass seine Frau etwas von ihm wolle, was er ihr nicht geben konnte. Was das war, wusste Aulikki nicht, und er sagte, er wisse es auch nicht, sei aber trotzdem traurig darüber.

»Du bist auch nicht einer der glücklichsten Menschen auf der Erde«, sagte er zu ihr.

Aulikki zuckte die Schultern. »Ich weiß doch nicht, wie glücklich die anderen sind.«

Er meinte, dass sie sich mal über andere Dinge als nur über die Mathematik unterhalten sollten und er Aulikki vielleicht helfen könne, weil er ja mehr Lebenserfahrung habe.

Im Winter trug er einen Mantel mit Pelzfutter, und einmal, als sie vom Tischtennis kamen, öffnete er den Mantel und zog Aulikki an sich, hielt den Mantel um sie beide und flüsterte: »Hier haben wir es warm.«

Aulikki machte sich los und sagte, ihr sei warm genug, auch ohne den Pelz.

Er schüttelte den Kopf: »Du musst dich nicht immer auf die Hinterbeine stellen.«

Einmal sagte er: »Ich kann mir nicht helfen, aber ich habe dich sehr gern. Nicht nur als Schülerin, verstehst du.«

Aulikki sagte, dass sie ihn verstand. Er seufzte: »Dann ist es ja gut.«

Beim Tischtennisspiel wurde er unkonzentriert, und es machte keinen Spaß mehr, mit ihm zu spielen, weil er seinen Ball immer über den Rand schoss und ihren nicht kriegte und Aulikki beim Tischtennis das gleichmäßige »Pingpong« mochte, wenn die Bälle auf den Tisch schlugen und von der anderen Seite angenommen und sofort zurückgeschlagen wurden. In einer Mathestunde, als sie über quadratischen Gleichungen brüteten, flüsterte er ihr ins Ohr: »Bleib bitte in der Pause hier, ich muss etwas mit dir bereden.«

Er sagte, dass er nicht mehr Tischtennis mit ihr spielen würde, weil es für sie beide zu gefährlich sei. Und dass seine Gefühle für sie anders seien, als sie glaube. Er könne sich zwar beherrschen wie ein zivilisierter Mensch, aber das Bedürfnis sei schon ziemlich lange in ihm, und er wolle nichts riskieren, und sie solle sich von ihm fern halten, damit er nicht in Versuchung komme, sein Glück zu versuchen.

»Ist gut«, sagte Aulikki. »Schade um das Tischtennis.«

Von da an sah er sie immer mit leidenden Augen an, und wenn er mal die Hand auf ihre Schulter legte, war es, als krabbelten Ameisen unter seiner Hand. Aulikki mochte ihn gerne und er hatte ja keine Frau, weil seine Frau etwas wollte, was er ihr nicht geben konnte, und sie sagte zu ihm, sie sollten wieder Tischtennis spielen.

Er gewann das Spiel, er war richtig brillant.

»Kommst du mit zu mir?«, fragte er. »Ich habe für uns eine Kleinigkeit vorbereitet.«

Er hatte gerötete Wangen, und seine lockigen Haare klebten an der Stirn, weil er sich so angestrengt hatte bei dem Spiel.

Sie nickte.

Die Kleinigkeit war eine Kartoffelsuppe, auf die Aulikki keinen Appetit hatte. Er schlang seine Suppe schnell herunter. Dann führte er Aulikki in seinen Hobbyraum. Dort stand sein Notbett, wie er die schmale Pritsche nannte.

Nachher schüttelte er bekümmert den Kopf. »Das war zu schnell. Ich habe zu lange damit gewartet!«

Er sagte: »Das müssen wir wiederholen. Was sollst du sonst von mir denken.«

Er zeigte ihr das ganze Haus. Er ging vor ihr her wie ein Makler und machte sie auf besondere Vorzüge aufmerksam: auf die Größe des Wohnzimmers, die Höhe der Fenster, die Südseite der Terrasse. Nebenbei bemerkte er, dass seine Frau all die geblümten Gardinen selbst genäht habe. Im Schlafzimmer blieben sie ehrfürchtig an der Schwelle stehen. Dort standen zwei Einzelbetten nebeneinander. Beide waren mit einem blauweißen Überwurf bedeckt. Sie sahen aus wie die Särge von finnischen Soldaten, die im Krieg für das Vaterland gefallen waren.

Sie wiederholten die Begegnungen im Hobbykeller. Er drehte Aulikki immer den Rücken zu, wenn er das Gummi über sein Geschlechtsteil zog. Manchmal hielt er seinen Erguss länger zurück, aber nie sehr lange, und irgendwann erklärte er Aulikki, dass das ein großes Problem für ihn sei und das habe seine Frau verrückt gemacht, weil sie nie einen Orgasmus bekam.

Er fragte, ob das Aulikki etwas ausmache, und sie sagte, dass sie gar nicht wusste, wie es war, einen Orgasmus zu bekommen, und ihr nichts fehlen konnte, was sie nie gehabt hatte.

Sie kochte für ihn indische Gerichte.

Er lobte sie. »Was du alles kannst. Wie geschickt du bist.« Manchmal redete er davon, dass sie ja bei ihm einziehen könnte.

Hin und wieder erzählte Aulikki Tante Tiina, dass sie bei Anniina übernachten würde, und ging zu ihm.

Manchmal hatte Aulikki das Gefühl, dass er sie liebte. Aber wenn sie zusammen schliefen, erinnerte sie sich an die Särge im Schlafzimmer, und die Leichen taten ihr leid.

Er sagte: »Ich mache mir Gedanken um dich.« Oder: »Wir müssen uns allmählich Gedanken über die Zukunft machen.« Aber ihm fiel zu der gemeinsamen Zukunft dann doch nichts ein.

Nach einiger Zeit wollte seine Frau es noch einmal mit ihm versuchen, und er musste sich über seine Frau Gedanken machen, und er sagte zu Aulikki, dass sie sich auf keinen Fall mehr treffen dürften, und sie möchte doch bitte, bitte niemandem von der Liaison erzählen.

»Du brauchst deswegen keine Angst zu haben«, sagte sie. »Schweigen kann ich.«

Anniina hatte wahrscheinlich geahnt, dass zwischen Aulikki und dem Mathelehrer etwas lief, so oft wie sie Tischtennis gespielt hatten. Aber erzählt hatte Aulikki auch ihr nichts.

Als die Frau des Lehrers zurückgekehrt war, und alle wussten natürlich davon, weil auch alle wussten, dass sie weggegangen war, war Anniina glücklich, dass die Frau des

Mathelehrers dorthin zurückgekehrt war, wo sie hingehörte.

»Heute müssen wir etwas Lustiges machen«, sagte sie zu Aulikki. Sie kauften zwei Flaschen Rotwein und gingen zu Anniina nach Hause, tranken beide Flaschen aus, und nachher war beiden übel, und sie kotzten abwechselnd im Badezimmer, und Anniinas Mutter meinte, das komme davon, wenn man kein Maß kenne.

**Einmal** fragte Babu Aulikki, ob sie einen Freund habe.

Sie schüttelte den Kopf.

»Vielleicht du und ich«, sagte er. »Du allein, ich allein. Zusammen ganz gut«, versuchte er seine Gefühle mit den wenigen finnischen Worten, die er gelernt hatte, zu beschreiben.

Sie schüttelte den Kopf.

»Nicht böse sein«, sagte er. »Nur ein Versuch. Du bist noch zu jung für die Liebe. Trotzdem immer nett in der Küche, ja?«

»Ja«, sagte sie.

Babu roch nach Lammbraten und Knoblauch, und Aulikki sagte: »In deiner Nähe kriege ich immer Hunger.«

»Weil ich so dünn bin«, meinte er.

»Weil du nach Lammbraten riechst.«

»Lamb is not very sexy«, meinte Babu traurig.

Er fragte Aulikki, ob sie eine Ahnung hätte, wovon er träume. »Wovon soll ein Koch wohl träumen? Von einem eigenen Restaurant«, sagte sie.

Babu lachte. Er wollte sein Restaurant mitten in Helsinki aufmachen.

»Die Sitze in meinem Restaurant sollen aus rotem Samt sein, und wenn du möchtest, kannst du später bei mir Geschäftsführerin werden. Denn ich glaube, du kannst gut rechnen.«

»Das stimmt, aber ich habe noch nicht mal das Abitur.«

»Ich spreche ja auch von der Zukunft«, meinte er.

Einmal nahm sie Babu mit zu ihrer Schwester.

Als sie Janne, den kleinen Sohn von Sinikka, das erste Mal, ein paar Tage nach seiner Geburt, gesehen hatte, schaute sie ihm lange in diese blauen Augen, die laut ihrer Schwester alle Neugeborenen haben, und versuchte, in das Geheimnisvolle der Kinderaugen hineinzutauchen. Sinikka sagte: »Hör auf ihn anzustarren, sonst kriegt er Angst vor dir. Außerdem kann er sowieso noch nichts erkennen, nur vage Schatten.«

»Wenn er mich gar nicht sehen kann, kann er wohl kaum Angst vor mir haben«, erwiderte Aulikki. Und sie fand es tröstlich, dass so ein kleines Kind nur von Schatten umgeben war und die Bilder der Menschen und Gegenstände sich erst ganz langsam vor seinen Augen entfalteten, wie ein Foto in einer Entwicklerlösung. Dass niemand von ihm erwartete, dass er schon alles klar sah.

Nach Jannes Geburt wurden die Bewegungen ihrer Schwester anmutig und um ihre Lippen lag manchmal ein verträumtes Lächeln, als hütete auch sie ein kostbares Geheimnis. Wenn Sinikka den Kleinen gestillt hatte und er schlief, übertrug sie ihre Zärtlichkeit auf Aulikki. Sinikka strich ihr über die Wangen oder setzte sich zu Aulikki auf die Couch, legte einen Arm um sie und hielt sie fest, als wolle sie Aulikki auch schützen, so wie sie Janne schützte.

Aulikki wollte dann neben ihr sitzen bleiben, einschlafen und aufwachen und ihr Kopf würde immer noch auf Sinikkas Schulter liegen, und sie brauchte sich keine Gedanken zu machen, weil Sinikka ihr alle Gedanken abnehmen und sie ordnen, alles Überflüssige aussortieren und wegwerfen würde, bis nur noch das übrig war, was Aulikki brauchte, um glücklich zu sein.

Als sie Sinikka mit Babu besuchte, war Janne ein halbes Jahr alt.

Babu hatte für ihn ein Geschenk gekauft. Es war ein ferngesteuertes Spielzeugauto, ein Pontiac.

»Wie reizend von dir«, sagte Sinikka zu Babu und ihr Mann und Babu krochen auf dem Fußboden herum und steuerten das Auto auf Janne zu, und Janne kreischte vor Freude und krabbelte von dem Auto weg und Sinikka sagte: »Männer!«

In der Küche fragte der Schwager Aulikki: »Ist er Inder?«

Sie fragte zurück: »Wonach sieht er denn aus?«

Er zuckte die Schultern.

Babu schaukelte Janne auf seinem Knie, und Aulikki hielt Janne an den kleinen Fingern fest. Aulikki überlegte, wie ein Kind von Babu und ihr aussehen würde. Hätte es dunkle Haut und blauschwarze Haare?

Später rief Aulikkis Schwester an und fragte: »Was ist das für ein Inder? Bist du mit ihm zusammen?«

Aulikki sagte, dass sie sich nur von der Arbeit her kennen würden, und dass er ein guter Koch sei und ein eigenes Restaurant aufmachen wolle.

»Wo hat er das Geld her?«, fragte Sinikka.

»Von seinen Eltern«, antwortete Aulikki, obwohl sie gar nicht wusste, ob Babu Eltern hatte und ob die Eltern Geld hatten und ob sie ihm Geld geben würden. Darüber hatten sie nie geredet.

»Dann bin ich beruhigt«, sagte Sinikka. »Weißt du, ich

mache mir manchmal Sorgen um dich, weil du mir nie etwas erzählst. Ich werde bald wieder unterrichten, wenn du magst, kannst du ab und zu auf Janne aufpassen.«

Mr. Wilson musste Finnland verlassen, weil er irgendwoanders gebraucht wurde, und er sagte: »Living is moving.« Und Mrs. Wilson sagte: »Darling, I am so sad to leave this nice people here.« Aber sie freuten sich natürlich, weil sie erst nach England zurückkehrten und ihre Kinder und Enkelkinder besuchen konnten. Babu ging mit. Er versprach, spätestens in einem Jahr zurück zu sein.

»Bleib ein anständiges Mädchen«, sagte er zu Aulikki und sang: »*My heart is down, my head is turning around, I had to leave a little girl in Helsinkitown.*«

Bei dem Geld, das sie von Mr. Wilson bekam, war auch ein nagelneuer Fünfzigmarkschein. Sie faltete ihn in der Mitte zusammen, dass beide Hälften millimetergenau aufeinander lagen. So wie ihre Mutter es immer mit neuen Scheinen gemacht hatte. Dabei sollte man sich etwas wünschen.

Aulikki fiel nichts ein.

**In der Abendschule** lasen die Mädchen *Summerhill* von A. S. Neill und diskutierten die antiautoritäre Erziehung. Sie hatten *Hair* gesehen und sangen *Aquarius* und nähten sich weite lange Röcke und trugen Blusen mit Blumenmuster.

Alle redeten bewundernd von den Studentenunruhen und Demonstrationen in Deutschland und Frankreich, und es klang, als sei das Recht, zu demonstrieren, ein Privileg, das man erst mit dem Abitur erwarb.

In New York gab es Polizeieinsätze gegen die Homosexuellen. Und in Helsinki wurde die Temppeliaukio-Kirche eingeweiht, eine in den Felsen gebaute Kirche. Aulikki besuchte sie oft. Sie war wie eine Höhle mit einer runden Öffnung zum Himmel. Die Kuppel über der Felsenkirche hatte hundertachtzig schmale Fenster, die für Aulikki wie Sonnenstrahlen aussahen. Wenn sie auf einem der violetten Stühle saß, versuchte sie die Fenster zu zählen. Spielte jemand Orgel, blieb sie länger dort, hörte zu und schaute auf die Steinwände, an denen das Felswasser herunterlief. Das Plätschern der Rinnsale wuchs mit der Musik zum Rauschen und Tosen eines Wasserfalls.

Sie dachte, in den Kirchen sollte den ganzen Tag Musik erklingen, damit die Menschen sich einen Augenblick von den Worten, von den Wünschen, Träumen und Ängsten, die in den Worten steckten, befreien können. Sie stellte sich die Menschen vor, die früher in Höhlen wohnten, in ihnen Schutz vor den Raubtieren und dem Unwetter suchten. Während sie in der Dunkelheit ausharrten, nahm einer von ihnen einen spitzen Stein und zeichnete die Sonne an die Wand. Er zeichnete einen Elch oder ein Rentier. Vielleicht summte der Zeichner leise vor sich hin. Aulikki überlegte, wie lange es gedauert haben mochte, bis die Menschen die Kraft der Töne und Klänge entdeckten, wann die Worte, um einander Wichtiges mitzuteilen. Und wodurch sie lernten, das auszusprechen, was sie nicht dachten, das zu behaupten, was nicht wahr ist, und zu verschweigen, was sie fühlten.

Und sie dachte an die vielen Sprachen, die es auf der Welt gibt, und an die Menschen, die trotzdem nie die richtigen Worte finden.

**Aulikki** dachte auch oft an Petri. Aber immer, wenn sie den Hörer schon in der Hand hielt, um ihn anzurufen, fiel ihr kein Grund mehr ein, warum sie ihn anrufen sollte. Einmal stand sie neben dem Telephon und überlegte, ob sie Petri anrufen sollte, da klingelte das Telephon. Es war Veli.

Er fragte: »Was glaubst du, was ich anhabe?«

»Dein rotes Seidenkleid oder ein anderes.«

»Weit gefehlt, Mädchen. Ich habe meine Trainingshose an und überlege gerade, ob du Lust hättest, mit mir eine Runde zu laufen?«

»Ich laufe nicht«, sagte Aulikki. »Ich kann gar nicht laufen.«

»Mit deinen langen Beinen? Es ist ein Verbrechen, mit solchen Beinen nicht durch die Gegend zu flitzen, aber wir können auch vornehm promenieren, so vornehm, wie es in Trainingshosen möglich ist.«

Er holte Aulikki ab. Sie wartete unten vor der Tür auf ihn. Seine Trainingsjacke war unter den Achseln schon durchgeschwitzt und er sagte, er hätte seinen Lauf schon gemacht und könne sich jetzt auch dem langsamsten Schritt anpassen.

Aulikki erzählte ihm von Mr. und Mrs. Wilson und von Babu, und dass sie in London seien, und Veli sagte, er würde am liebsten in New York leben.

Sie erzählte ihm von den Polizeieinsätzen in New York, aber das wusste er schon. Er las natürlich auch Zeitung.

»Trotzdem hat man dort als Transvestit ein leichteres Leben«, meinte er.

Aulikki fragte ihn, was ein Transvestit sei, obwohl sie es schon ahnte, und er antwortete, dass seien eben Männer, die sich gerne mit Frauenkleidern schmücken und sich schminken.

»Das kannst du doch hier auch«, sagte sie.

Er schüttelte den Kopf: »Mit dir habe ich Glück gehabt, dass du weder gelacht noch irgendeinen Anfall gekriegt hast, als ich mich plötzlich in dem Fummel präsentierte.«

»Ich kriege nie Anfälle, auf jeden Fall nicht solche, und ich lache auch nicht wegen jeder Kleinigkeit.«

Er fasste ihre Hand: »Das meinte ich damit, dass ich Glück hatte. Normalerweise bin ich vorsichtig. Ich überlege genau, wem ich meine gewagten Kleider vorführe. Aber an dem Tanzabend war ich deprimiert. Manchmal glaube ich einfach, in einem falschen Körper zu stecken.«

»Ich würde auch lieber eine andere sein«, sagte Aulikki.

Er lachte. »Dich hat die Schöpfung doch verwöhnt, an dir ist alles hübsch und an den richtigen Stellen portioniert. Dir fehlt gar nichts. Du musst nur wachgeküsst werden, damit du deine Gefühle ausleben kannst. Gefühle sind wie Gelenke. Sie müssen bewegt werden, sonst versteifen sie.«

Sie zuckte die Schultern: »Ich fand dich nicht deprimiert an dem Abend. Eher euphorisch und etwas kindisch.«

»Das Kind bist du. Man kann auch deprimiert sein, wenn man nicht traurig aussieht oder weint.«

Sie spazierten über die Straßen, und er erzählte ihr von seinem Bruder, der einmal die Frauenkleider entdeckt und getobt hatte, als hätte er, Veli, eine Leiche im Schrank, und dann gesagt hatte, dass er mit so einem perversen Schwein nichts zu tun haben wolle. Aber immer wenn er Geld brauchte, kam er doch zu Veli. Aulikki erzählte von ihrer Schwester.

Sie sagte: »Seit sie Janne hat, kann sie alles verstehen.«

Veli fragte: »Was hast du ihr denn erzählt, wofür man so großes Verständnis braucht? Von unserer gemeinsamen Nacht?«

»Nein. Ich habe ihr gar nichts erzählt, aber man kann es spüren, ob man verstanden wird, auch wenn man nichts sagt.«

»Du überraschst mich sehr mit deinem Spürsinn. Ich hielt dich für ein Mädchen, das nicht einmal spürt, wenn ihm das Glück ein blaues Auge verpasst!«

Veli kaufte Hot Dogs, und sie aßen sie in der Bahnhofshalle und schauten sich die Leute an, die auch Hot Dogs aßen. Sie sahen auch diejenigen, die in den Ecken saßen und von Hot Dogs träumten. Veli ging an einem Mann vorbei, der vor sich hin döste, und steckte einen Geldschein in seine Manteltasche. Der Mann öffnete die Augen, streckte seine Hand aus und schüttelte Velis Hand und stellte sich vor: »Kuusi!«

»Wir drei zusammen sind fast schon ein Wald«, meinte Aulikki.

Veli sah sie fragend an.

»Er heißt Tanne, du heißt Birke und ich heiße Erle«, erklärte sie.

Veli lachte.

»Hier heißen die Menschen Meer, Bucht, Fluss, Landzunge, Bach, Tanne, Eiche, Rose, Heide, Eichhörnchen, Bär und so weiter. In den anderen skandinavischen Ländern ist man die Tochter oder der Sohn von einem anderen Menschen, Fredriksson oder Magnusdottir. Aber in Finnland hat man das Gefühl, man sei dem Meer entstiegen, mit dem Fluss angeschwemmt worden, einer Tierfabel entstiegen oder aus dem Baumsamen gesprossen. Man kommt sich vor, als sei man gar nicht menschlicher Herkunft«, sagte Aulikki.

Er zuckte die Schultern. »Über solche Sachen machst du dir also Gedanken. Ich weiß nicht, wie die finnischen Namen entstanden sind. Aber ich vermute schon lange, dass sich die Finnen nicht durch den Sexualverkehr vermehren. Wahrscheinlich sind sie ursprünglich Pilze gewesen. Sie pflanzen sich ungeschlechtlich fort, durch ihre Sporen in der Erde. Und was macht dein Liebesleben? Hast du zwischendurch mit jemandem Sex gehabt?«

»Habe ich«, antwortete sie.

»Und? War es aufregender als Zähneputzen?«

»Darüber spricht man nicht«, sagte Aulikki.

»Übers Zähneputzen spricht man nicht. Über Sex schon. Die ganze Welt redet über nichts anderes. Alle wollen mit allen, alle dürfen mit allen und alle müssen sogar mit allen. Ist es nicht wahnsinnig? Es gibt keine Tabus mehr!«

»Dann kannst du ja dein rotes Kleid zur Arbeit anziehen.«

»Du ziehst mich immer von der Theorie in die Praxis, von den Träumen in die Realität«, sagte er. »Du machst mich depressiv.«

»Wenn Depressionen so lebendig machen, möchte ich auch welche haben«, antwortete Aulikki.

Veli nahm wieder ihre Hand, sah ihr in die Augen, als wolle er ihr einen Heiratsantrag machen oder eine traurige Nachricht übermitteln. »Du hast welche! Ich bin noch nie einem traurigeren Mädchen begegnet.«

Aulikki zog ihre Hand weg. Veli strich ihr über die Haare und fragte: »Hab ich dich verletzt mit meinem Gequatsche?«

Sie schüttelte den Kopf.

»Du wirst auch noch fröhlich werden. Vielleicht dauert es noch eine Weile. Es ist schwierig, fröhlich zu sein, wenn man traurig ist. Aber die Fröhlichkeit wird kommen.« Er lachte: »Du bist allerdings ein harter Knochen. Ich fürchte, dass sie bei dir erst später ausbricht. Als eine Art Altersheiterkeit.«

Sie gingen schweigend nebeneinander her. Der Himmel war wolkenlos. Die Spatzen kämpften mit den Tauben um die Krümel von Brot, die auf dem Bürgersteig lagen.

Veli pfiff die finnische Nationalhymne.

»Falls du nach New York gehst, könnte ich vielleicht mitkommen«, sagte Aulikki.

»Bleib du bei den Pilzköpfen und träum lieber von etwas anderem. New York ist kein Dorf, ich weiß nicht, ob du dort zurechtkämst.«

»Helsinki ist kein Dorf.«

»Und ob«, meinte Veli.

Er brachte Aulikki bis zu ihrer Haustür und verabschiedete sich mit: »Ich ruf wieder an, pass auf dich auf!«

Sie sah ihm nach, wie er davonlief.

Er lief leichtfüßig.

Einmal, als Aulikki die Prachtstraße, die Esplanade entlangspazierte und sich die Schaufenster der Läden ansah, blieb sie vor der Speisekarte eines teuren Fischrestaurants stehen. Sie las, was für Gerichte zu welchen Preisen angeboten wurden. Sie stellte sich vor, wie es wäre, in einem solchen Restaurant zu essen. Sie sah, wie der Oberkellner sie zu ihrem Platz führte und sie über eine Stufe stolperte, am Tisch fiel ihr das Weinglas um, und sie bekam eine Gräte in den Hals, sie musste husten und sich übergeben, und alle Leute sahen sie an.

Sie ging schnell weiter und landete, wie immer, im Hafen bei den Booten und den Fischern.

Im Sommer standen auf dem Marktplatz am Meer viele Verkaufsstände, wo Fisch, Gemüse, Kräuter und Beeren verkauft wurden. Auch Souvenirs: finnische Messer, Pelzmützen und Rentierfälle und Schlüsselanhänger aus Rentiergeweih.

Sie kaufte ein Lachsbrötchen und mischte sich unter die Menge der Leute, die zwischen den Buden schlenderten. Sie beobachtete die Touristen in ihren Sommerkleidern und hellen Hosen und T-Shirts beim Anprobieren der dicken Biberfellmützen und horchte auf ihre Stimmen. Sie genoss es, fremde Sprachen zu hören. Plötzlich fing ihr Herz an zu rasen. Ihr wurde kalt, auch wenn draußen die Sonne schien. Der Schweiß stand ihr auf der Stirn. Die Pflastersteine unter ihren Füßen verwandelten sich in eine wabbelige Masse. Sie fand keinen Halt und torkelte wie eine Betrunkene. Als sie sich auf einer Straße befand, wo weniger Menschen waren, wurde der Boden wieder fester und ihr Herz beruhigte sich.

Manchmal überfielen sie die Schwindelanfälle auch dann, wenn sie allein war. Sie spürte dann die gleiche Panik wie bei einem Traum, den sie oft hatte. Sie wurde von jemandem verfolgt, sie rannte und erst, als sie die Schritte nicht mehr hinter sich hörte, sah sie sich um. Er war verschwunden. Erleichtert bog sie um die nächste Ecke. Und stand ihrem Verfolger gegenüber.

**Eines Tages** rief der Mann an, der Englisch- oder Russischunterricht im Austausch fürs Vorlesen anbot. Aulikki war nur an Englischunterricht interessiert. Ihm war es recht. Er fragte nach ihrer Adresse und wollte gleich am nächsten Tag vorbeikommen, damit sie sich kennen lernten.

»Na, ich bin ja gespannt, was für ein Charmeur da kommt«, sagte Tante Tiina. Sie deckte am nächsten Tag den Kaffeetisch im Wohnzimmer, und es gab Buttercremetorte und Biskuitrolle. Aulikki meinte, dass er wohl nicht zum Kaffeekränzchen komme, aber ihre Großtante freute sich auf den Besuch. Aulikki brachte sonst keine Abwechslung in ihr Leben mit ihren wenigen Bekannten. Nur Anniina und ihre Schwester kamen manchmal vorbei. Oder der Schwager holte sie ab, wenn er mit Sinikka ausgehen wollte und Aulikki auf den Kleinen aufpassen sollte.

»Zieh dir was Ordentliches an«, sagte Tante Tiina zu Aulikki.

»Er ist halbblind und es ist wohl egal, was ich anhabe, da ich ihn ja nicht anmachen will«, meinte Aulikki.

»Weißt du es?«, fragte die Tante und lachte.

Er trug einen Pelzmantel, einen schwarzen Persianer. Ein echter, wie Tante Tiina bemerkte, kein nachgemachter. Tief beeindruckt hielt sie ihm einen Holzbügel hin, nahm dann den schweren Pelz entgegen und strich kurz über die zarten Locken. Später erzählte sie Aulikki, dass solche Persianer aus dem Fell der ungeborenen Karakullämmer angefertigt wurden.

Darunter trug der Emigrant, wie Tante Tiina und Aulikki ihn nannten, einen grauen Anzug, der nicht weniger vornehm wirkte. Der Emigrant war groß und seine Haltung fast militärisch gerade. Er trug keine Brille und Aulikki hatte das Gefühl, dass er sie sehr genau beobachtete. Sie wusste nur nicht, wie viel er wirklich sah.

Sie schätzte sein Alter auf siebzig, fünfundsiebzig.

»Für einen alten Mann sieht er noch sehr gut aus«, bemerkte Tante Tiina, »und eine Nase wie ein kleiner Falke und Augen wie ein Adler hat er.«

»Nur dass er blind ist wie ein Maulwurf«, sagte Aulikki.

Ihre Tante hatte sofort Gefallen an ihm gefunden. Der Emigrant erzählte, dass er aus Russland stamme, jetzt aber schon lange in Finnland lebe, sehr gerne in Finnland lebe. Ihm schmeckten beide Torten und nach dem Kaffee sagte er: »Wir wollen nicht den Grund meines Besuches vergessen.«

Aulikki führte ihn in ihr Zimmer.

Sie setzte sich auf den Stuhl mit der hohen Lehne, und er setzte sich vorsichtig in den Sessel mit dem grüngestreiften Stoff und zog dann die Hosenbeine an den Knien etwas hoch.

Dann fragte er: »Was können Sie, junge Frau?«

Aulikki sagte ein paar Sätze auf Englisch.

Er meinte: »We must do something about your pronunciation.«

Sie nickte, und er holte erst mal die Zeitung aus seiner Aktentasche, und sie las ihm den Politikteil vor und ›Aus aller Welt‹, und dann wollte er auch noch den Wirtschaftsteil hören. Sie überlegte, ob er keine Kinder oder Enkelkinder hatte, die ihm vorlesen könnten. Aber sie fragte ihn nicht danach. Als sie den Wirtschaftsteil vorgelesen hatte, nahm er ihr die Zeitung aus der Hand, faltete sie sorgfältig zusammen, steckte sie in seine Aktentasche und sagte: »Your turn.«

Er blieb etwa zwei Stunden, und sie machten für die nächste Woche ein neues Treffen aus.

Aulikkis Tante frohlockte. »Da hast du aber Glück gehabt! Ein gebildeter Mann mit guten Manieren und Unterricht umsonst.«

Tante Tiina ließ sich eine Dauerwelle machen und kaufte sich ein grünes Kostüm mit Noppen. Während sie sich im Spiegel betrachtete, zupfte sie an den Noppen wie ein nervöses Huhn an seinen Federn.

Als der Emigrant kam, kochte Tante Tiina wieder Kaffee. Sie hatte sogar selbst einen Kuchen gebacken. Diesmal blieb er nicht lange im Wohnzimmer sitzen, sondern wollte sofort, das heißt nach dem zweiten Stück Kuchen, in Aulikkis Zimmer, es stünde Wichtiges in der Zeitung, sagte er. Was es war, das erzählte er nicht. Sie las ihm wie immer die politischen Meldungen und Artikel, ›Aus aller Welt‹ und den Wirtschaftsteil vor. Am Feuilleton war er nicht interessiert. Als er von Aulikki die Zeitung entgegennahm, berührten sich ihre Finger. Seine Haut war trocken. Sie sah seine Hände genauer an. Sie waren bestimmt zehn Jahre älter als die von Tante Tiina.

Er erzählte, dass er neunzehnhundertsiebzehn aus Russland weggegangen sei, er sprach über den letzten russischen Zaren Nikolaus den Zweiten, als sei er mit den Romanows verwandt. Er hatte etwas Fürstliches an sich, vielleicht war er selbst adlig. Zu den Anhängern von Lenin oder Trotzki gehörte er ganz gewiss nicht. Für jede Art sozialistischer Ideen hatte er nur Hohn übrig.

Über sein Leben in Helsinki erzählte er nichts, Aulikki stellte auch keine Fragen, und auf die Fragen von Tante Tiina reagierte der Emigrant ausweichend, manchmal ignorierte er sie einfach.

Bei seinem dritten Besuch lehnte er kategorisch den Kuchen ab, nicht einmal eine Tasse Kaffee wollte er trinken. Tante Tiina war beleidigt, und er war erregt. Er erklärte Aulikki, es gäbe auf der Welt wahrhaftig Wichtigeres zu tun, als mit alten Tanten Kaffee zu trinken. Sie sagte ihm, dass ihre Tante ein netter Mensch sei und sich viel Mühe geben würde, gastfreundlich zu sein. Er entschuldigte sich bei Aulikki und nachher auch bei ihrer Tante, er hätte einige Schwierigkeiten zur Zeit, und er hätte sie keinesfalls verletzen wollen, und er küsste Tante Tiina die Hand. Sie wurde tatsächlich rot und sagte, sie wolle nicht neugierig sein, und er würde bestimmt nicht über seine Angelegenheiten sprechen wollen. Nein, sagte er, das könne er gar nicht, weil in die Probleme eines Menschen meistens andere Menschen eingebunden seien, und er müsse schon Diskretion bewahren.

Tante Tiina nickte verständnisvoll.

Nachher fragte die Tante Aulikki, was ihn denn am meisten in der Zeitung interessiere, und als sie das erzählt hatte, meinte sie: »Vielleicht hat er an der Börse spekuliert und hat finanzielle Probleme!«

Die Zeit für das gemeinsame Kaffeetrinken wurde von dem Emigranten immer kürzer bemessen, und eines Tages teilte er ihnen mit, er dürfte keinen Kaffee mehr trinken. Das habe der Arzt ihm verboten. Kaffee ginge ihm zu sehr aufs Herz. Auch Tee lehnte er ab, und als Tante Tiina einmal mit einem Tablett erschien, auf dem Apfelsaft und Gläser und ein Teller Kekse standen, schwoll sein Gesicht bedrohlich an und wurde rot wie ein gekochter Krebs. Er runzelte die Augenbrauen, schnalzte verärgert mit der Zunge und gebärdete sich wie ein Firmenmogul, der bei einem entscheidenden Verhandlungsgespräch gestört wird.

Aulikki sagte Tante Tiina, sie möge ihm, bitte, nichts mehr anbieten.

»Wenn du meinst«, seufzte sie.

Aber sie toupierte sich immer das Haar an den Tagen, an denen der Emigrant kam, und bestand darauf, ihm die Tür aufzumachen. Einmal lud der Emigrant Aulikki in ein Café ein.

Er redete ziemlich laut, und sie dachte, dass er wahrscheinlich auch schwerhörig war, und versuchte auch lauter als üblich zu reden, obwohl es ihr peinlich war.

Im Café fasste er ihre Hand und sagte: »Du bist ein sehr schönes Mädchen.« Sie zog ihre Hand weg und überlegte, woher er das wohl wissen wollte, wo er doch kaum sah, wo seine Kaffeetasse stand. Sie bemerkte, sie hätte geglaubt, er sehe schlecht.

»Ich sehe mit dem Herzen«, antwortete er.

»Ich nicht«, sagte Aulikki. »Ich sehe nur das, was meine Augen mir zeigen.«

Er lachte affektiert und sie wandte den Blick ab, der halb unterwürfige, halb arrogante Ausdruck auf seinem Gesicht widerte sie an.

Als sie ihn wieder anschaute, hatte er seine Gesichtszüge

bereits unter Kontrolle. Er wirkte wie immer, ein wenig streng und unnahbar. So gefiel er ihr besser.

Er fragte sie nach ihren Zukunftsplänen und nach der Abendschule und ob sie einen Freund habe. »Nein«, sagte sie. »Ich habe keinen Freund.« Er schien erstaunt, rollte mit den Augen, zog die Augenbrauen hoch und straffte seine Schultern. Dann beugte er sich ruckartig vor und flüsterte: »Warum nicht?«

Sie zuckte die Schultern: »Ich habe noch niemanden gefunden, der mir gefällt.«

Er lachte: »Dir gefallen wohl reifere Männer besser.«

Aulikki sagte, dass sie sich nicht überlegt hätte, was für ein Mann ihr gefallen könnte. Er entschuldigte sich für seine Neugierde, bezahlte und bestellte ein Taxi, das Aulikki zu ihrer reizenden Tante, die sie grüßen solle, zurückbrachte.

Bei einer der nächsten Stunden blieb seine Hand wie aus Versehen auf Aulikkis Knie liegen. Sie änderte die Stellung der Beine, und die Hand fiel herunter. Er legte sie auf sein eigenes Knie und trommelte mit den Fingern.

An dem Tag war er sehr unzufrieden mit ihrer Aussprache. »Englisch, Englisch, Mädchen, du darfst die Worte nicht aussprechen, als würdest du schwedisch reden.« Und sehr langsam und mit verkniffenem Mund machte er ihr jedes Wort nach, wie sie es seiner Meinung nach ausgesprochen hatte, und dann in korrigierter Form, in bestem Oxford-Englisch.

Er verabschiedete sich brüsk, und Tante Tiina fragte: »Was hat er denn?«

»Probleme«, antwortete Aulikki.

**Babu** rief aus England an. Als Aulikki erzählte, sie sei dabei, Englisch zu lernen, mache aber wohl keine guten Fortschritte, ermutigte er sie und meinte, ihr Englisch sei sehr viel besser geworden und sie solle auf jeden Fall weitermachen, weil er sein Restaurant vielleicht doch lieber nach London verlegen würde.

Aulikki sagte, dass er bisher nur Träume hin und her schieben könne, ein Restaurant hätte er ja noch nicht. Babu lachte und erwiderte: »Was nicht ist, kann noch werden.« Und er fragte, ob Aulikki schon einen richtigen Freund habe und dass sie wohl wüsste, was er damit meine.

Aulikki setzte den Englischunterricht fort. Sie ließ auch ab und zu die Hand des Emigranten auf ihrem Knie liegen. Manchmal drückte seine Hand ihr Knie lobend, wenn sie seiner Meinung nach einen Satz korrekt ausgesprochen hatte. Ihre Pronunciation wurde entschieden besser, wenn seine Hand auf ihrem Knie lag. Die Stimmung ihrer Tante wurde immer schlechter.

»Ich muss zugeben, dass ich mich sehr in ihm getäuscht habe«, meinte sie. »Dass er meine Gesellschaft ganz und gar meidet, wo ich ihm doch altersmäßig so nahe bin, zumindest Jahrzehnte näher als du, beunruhigt mich. Er ist kein englischer Gentleman.«

»Wie soll er auch, wo er doch ein russischer Emigrant ist«, sagte Aulikki.

»Pass nur auf, dass er dich nicht ausnutzt«, warnte die Tante.

Der Emigrant brachte Aulikki Blumen mit.

»Soll ich eine Vase für die Blumen bringen?«, fragte Tante Tiina. Ihre Worte klirrten wie Eiswürfel im Glas. Der Emigrant mag halbblind und halbtaub gewesen sein, aber das Frostige in Tante Tiinas Stimme nahm er wahr.

Das nächste Mal brachte er Tante Tiina Blumen mit.

Dann brachte er Aulikki Pralinen mit. Die versteckte er in seiner Aktentasche und gab sie ihr erst in ihrem Zimmer.

Einmal lagen die Lederhandschuhe, die Aulikki in der Uspenski-Kathedrale gefunden hatte, auf dem Tisch. Sie sah sie sich manchmal an und überlegte, wem sie die Handschuhe schenken könnte.

»Keinen Freund«, sagte der Emigrant. »Keinen Freund!«, wiederholte er lauter und versuchte Aulikki neckisch anzuschauen. Dann fuchtelte er mit dem erhobenen Zeigefinger vor ihrem Gesicht. »Ich mag es nicht, angelogen zu werden!«

Sie nahm die Zeitung und las ihm eine Theaterkritik vor. Er hörte nicht zu. Sie sah ihn an. Sein Gesicht war gerötet und er schien einen inneren Kampf auszufechten. Sie sah, wie ihn der Kampf ermüdete und dass er sich schämte, und sie fragte ihn, ob er so weit sei, dass sie ihm die politischen Seiten vorlesen könne. Er nickte. Ein paar Tränen liefen über sein rot angelaufenes Gesicht und er tat ihr leid. In der Woche darauf brachte er ihr weder Blumen noch Pralinen mit, und er legte auch nicht die Hand auf ihr Knie.

Zum folgenden Treffen erschien er nicht. Er rief an und sagte, er sei krank.

Tante Tiina hob die Augenbrauen: »Wer es glaubt, wird selig.«

Dann kamen Briefe, viele Briefe, geschrieben mit der zittrigen Schrift eines alten Mannes und in der Sprache eines Zwölfjährigen.

Es ärgerte Aulikki, dass er sich zum Narren machte.

Sie schrieb ihm, wünschte gute Besserung und schickte Grüße von Tante Tiina.

Die Briefe hörten auf, der Emigrant meldete sich auch nicht mehr am Telephon. »Exitus«, sagte Tante Tiina. »Er war sowieso beinahe hundert Jahre alt.«

**Aulikki** saß im Segelboothafen auf einem Felsen, schaute auf das Meer und auf die in den Wellen schaukelnden Boote, als sich plötzlich wieder alles in ihrem Kopf drehte. Sie dachte an die zwei Segelschiffe auf dem Dachboden, die kein Sturm mehr erreichen konnte. Aber sie konnte sich nicht beruhigen. Sie fing an zu hecheln. Du musst nur ruhig atmen, sagte sie sich. Alle Menschen müssen atmen, alle Menschen können atmen. Sogar kleine Babys. Es ist keine Kunst. Wer nicht atmet, wird ohnmächtig. Oder stirbt. Auf wackeligen Beinen stieg sie hinunter zum Gehweg, fand eine Telephonzelle und wählte Velis Nummer.

Wenn es ihr schlecht ging, dachte sie an Petri. Und rief Veli an. Ihm brauchte sie nichts zu erklären. Veli ahnte, dass in Aulikkis Schrank auch Kleider hingen, die sie nicht jedem zeigen wollte.

»Wo bist du?«, fragte er.

Aulikki erklärte es ihm und er sagte: »Ich komme sofort.«

Sie kletterte zurück auf den Felsen und wartete. Ihr Herz hämmerte wie ein eingesperrtes Kind gegen die Tür.

Veli kam, setzte sich neben sie und legte den Arm um ihre Schulter.

Ein leichter Wind kräuselte die Wasseroberfläche, schaukelte die Gräser, ein kleines Mädchen in einem gelben Kleid hüpfte auf einem Bein über den glatten Felsen.

Sie sahen dem Kind beim Hüpfen zu, es lächelte zu ihnen hoch und rief: »Guckt mal!«

»Schön machst du das! So mutig waren wir auch mal«, rief Veli zurück.

Aulikki war früher auch gerne auf den flachen Felsen herumgesprungen. Sie setzte sich immer ein Ziel, zu welchem Wasserloch, zu welcher Spalte sie es auf dem festen, glatten Boden schaffen wollte. Die anderen sprangen am Ufer von einem wackeligen und glitschigen Stein auf den nächsten. Auf die unsicheren Steine wagte Aulikki sich nicht. Sie wäre glücklich gewesen bei ihren ungefährlichen Sprüngen, hätte sie ihren Mut nicht mit dem der anderen verglichen, hätten die anderen sie nicht immerzu aufgefordert, es ihnen gleichzutun. Es sei ganz einfach, sagten sie. Beim dritten Stein rutschte sie aus. Sie hatte sich nicht verletzt, ihr war nichts passiert, außer dass sie mit einem Bein im Wasser stand. Trotzdem weinte sie bitterlich.

»Ich weiß nicht, was mir Angst macht«, sagte sie zu Veli. »Ich komme nicht dort an, wo ich sein sollte. Ich bleibe zurück. Das war schon immer so. Als die anderen Mädchen ihren ersten Liebeskummer beweinten, vergoss ich noch Tränen über die Eier der Meeresschildkröten, die von den Geiern gefressen wurden.«

»Das ist doch nicht schlimm. Um die Meeresschildkröten wird bestimmt weniger geheult als um die Liebe«, meinte er.

Aulikki legte sich auf den Rücken und genoss die Wärme des Felsens und die Wärme der Sonne auf ihrem Gesicht. Durchsichtige Chiffonwolken segelten träge vorbei, eine Lerche sang und Veli erzählte: »Ich hatte eine Freundin, die Sportlehrerin werden wollte. Sie war in meiner Klasse und wir kannten uns seit dem zwölften Lebensjahr. Sie wurde meine erste Liebe, zu der Zeit, als ich nicht einmal genau wusste, ob ich eher Mädchen oder Jungs mag. Ich weiß es immer noch nicht, aber es spielt keine Rolle bei dieser Geschichte. Als wir siebzehn waren, fingen wir an, Pläne für die Zukunft zu schmieden. Unser Traum war, die ganze Welt zu sehen und später in Australien oder in Neuseeland zu leben. Sie wollte die Kinder in Sport und Erdkunde unterrichten und ich in Mathematik und Physik. Wir schrieben uns an der Uni ein. Im dritten Semester wurde sie aus irgendeinem mir unbekannten Grund schwer depressiv. Sie musste ihr Studium unterbrechen, um in einer Klinik eine Therapie zu machen. Ich besuchte sie oft, aber nicht gerne. Sie war abweisend, häufig auch aggressiv. Ich wusste, dass ihre Krankheit daran schuld war, und trotzdem war sie es auch selbst, die mich beschimpfte, sich feindselig benahm. Meine Besuche wurden seltener und hörten dann ganz auf. Nach ihrer Entlassung trafen wir uns noch ein paarmal. Aber sie konnte mir nicht verzeihen, dass ich sie im Stich gelassen hatte. Und ich kann sie verstehen. Jetzt geht es ihr gut, glaube ich. Sie arbeitet in einem Reisebüro und verkauft Weltreisen und ich ziehe Frauenkleider an und werde auch nicht nach Australien gehen. Was soll ich auch dort? Mich mit Straußenfedern schmücken? Aber du könntest ja dein Glück dort suchen. Vielleicht wirst du von einer Kängurumutter adoptiert. Ich glaube, du brauchst einen Beutel, in dem du dich noch einige Zeit verstecken kannst. Was ich dir zu sagen versuche: Verlass dich nicht auf mich. Ich habe keinen Beutel, der dich schützt.«

»Soll ich dich nicht mehr anrufen?«, fragte Aulikki.

»Du kannst mich immer anrufen. Aber eines Tages komme ich vielleicht nicht, weil ich keine Zeit habe, oder keine Lust.«

»Ist gut«, sagte sie.

»Ist nicht gut«, sagte er. »Aber es ist nun mal so.«

**Als Aulikkis Mutter** im Krankenhaus lag, besuchte ihr Vater sie jeden Abend. Nach seiner Rückkehr kam er zu Aulikki, setzte sich auf ihre Bettkante und erzählte ihr, wie es der Mutter ging. Dann wünschte er Aulikki schöne Träume und hantierte noch eine Weile in der Küche.

Aulikki hörte noch das Geschirr klappern, wenn er den Tisch deckte, und sie hörte die Kühlschranktür und wie er sich Saft oder Milch eingoss und seine Schritte, wenn er ins Schlafzimmer ging. Danach schlief Aulikki meistens ein und wachte erst morgens auf, wenn der Vater sie weckte.

Wenn sie Alpträume hatte und in der Nacht schrie, kam der Vater und strich ihr über den Kopf, als klebten darauf Fäden von einem Spinnennetz, die er wegwischte.

Dann kehrte er immer später vom Krankenhaus zurück. Laina war oft bei ihnen.

»Wenn irgendetwas ist, kannst du zu Laina gehen«, sagte der Vater zu Aulikki.

Aber sie ging nicht zu ihr.

Der Vater kam nur noch selten in ihr Zimmer, um ihr von Mutter zu erzählen. Er redete mit Laina.

Aulikkis Mutter lebte für ihre Krankheit, weinte ihrer Brust nach. Aulikki konnte ihre Traurigkeit nicht verstehen, sie verstand nicht, warum die Mutter um die Brust so viele Tränen vergoss. Vielleicht, weil Aulikki ihre eigenen Traurigkeiten hatte, vielleicht aber auch, weil sie noch keine Frau war, weil sie noch keine Brüste hatte, die ihr hätten fehlen können.

In der Nacht, in der sie mitbekam, dass ihr Vater mit Laina schlief, sah sie ihre Mutter im Krankenhaus, wie sie die Hand auf die Stelle legte, wo die Brust fehlte, und sie sah die Hände des Vaters auf den Brüsten von Laina. Diese Bilder schwammen vor ihren Augen, und sie konnte ihren Vater nicht mehr klar sehen. Und der Vater sah an Aulikki vorbei, wenn er mit ihr redete, als stehe hinter ihr noch jemand, mit dem er sich lieber unterhielt.

Seit dem Tag, als ihre Mutter in den Wald wollte und zusammenbrach, stand die Mutter nicht mehr auf. Sie starb fünf Tage später. Und Aulikki war froh, dass sie später gestorben war, nicht an jenem Tag. Aulikki hätte sonst immer daran denken müssen, dass sie ihr den Rock und die Bluse und die Schuhe angezogen hatte, obwohl die Mutter schon zu schwach war, um in den Wald zu gehen.

Ihre Schwester kam aus Helsinki und kümmerte sich mit dem Vater um die Beerdigung. Die beiden hielten sich umarmt und weinten. Aulikki weinte für sich und wegen der Mutter und um sich selbst, weil niemand mit ihr weinte.

Jeden Spätsommer legte sie ein paar Pfifferlinge auf das Grab der Mutter.

**Aulikki** suchte sich immer Arbeitsstellen, bei denen sie noch genügend Zeit für die Abendschule hatte. Einmal arbeitete sie für ein Meinungsforschungsinstitut. Sie sollte herausfinden, welche Margarine die Leute auf ihr Brot schmierten, und ob sie Kaffee oder Tee tranken, wie oft sie mit ihrem Auto fuhren und auf wie viele Kilometer im Jahr sie kamen und Ähnliches. Drei Mal musste sie die Insel Suomenlinna besuchen. Es war Winter, und sie lief über das gefrorene Wasser der Ostsee, und trotz der langen Strecke und der Kälte gefielen ihr die Eiswanderungen. Sie sah sich auch die Festungsanlage und die Burg mit ihren unterirdischen Gängen an. Ihr Schwager hatte sie ausführlich über die Geschichte von Suomenlinna informiert. Von den Schweden in der Mitte des achtzehnten Jahrhunderts für Verteidigungszwecke gebaut, hatte sie anfangs den Namen Sveaborg, den die Finnen in Viapori änderten. Später diente Viapori den Russen als Festung und nachdem Finnland unabhängig geworden war, wehte dort die finnische Flagge.

Warme Stiefel schützten ihre Füße, während sie über das Eis lief, aber oft peitschte ihr ein bitterkalter Wind ins Gesicht, und es gefror zu einer unbeweglichen Maske, bis sie Suomenlinna erreicht hatte.

Sie stellte immer die gleichen Fragen aus ihren Fragebögen, und die Antworten waren nur für das Institut, für das sie arbeitete, von Belang. Sie selbst vergaß sie, sobald sie Suomenlinna den Rücken kehrte. Manchmal schneite es, eine neue Schicht Schnee deckte die andere zu, und sie erinnerte sich an die Tage, als ihre Eltern, ihre Schwester und sie auf Skiern durch die Wälder liefen. Die Tannen waren weiß und schwer vom Schnee, und sie hatten rote Wangen und rote Nasen, sie atmeten durch den Mund aus und der Atem dampfte vor ihren Gesichtern. Ihre Mutter, die ihre Familie sonst immer antrieb, blieb plötzlich stehen, bekam einen kindlichen Blick, als hätte sie die Tür in eine verzauberte Welt gefunden, zeigte auf die Schneeflocken und sagte: »Die Engel tanzen.«

In einigen Häusern bekam Aulikki Kaffee angeboten oder auch heißen Saft aus Schwarzen Johannisbeeren, und die Leute erzählten ihr von dem Leben und Überleben auf Suomenlinna während des Krieges. Eine der Geschichten, die sie hörte, rührte sie.

Sie kam in eine Küche, in der ein Mann betrunken am Tisch saß und Aulikki mit misstrauischem Blick anstierte. Seine Frau stand am Herd und rührte in einem Erbseneintopf. Aulikki zog die Fragebögen und den Kugelschreiber aus der Tasche und stellte ihre Fragen. Die Frau antwortete, der Mann murmelte vor sich hin. Als Aulikki fragte, wie viel Kaffee sie in einer Woche verbrauchten, sagte der Mann plötzlich: »Die Deutschen haben nichts übrig gelassen. Sie haben das Essen geklaut, und sie haben unsere finnischen Frauen vernascht. Das waren Hurenböcke, die hätte man alle vergasen sollen.«

»Ein Pfund«, antwortete die Frau, »manchmal auch mehr, ich weiß es nicht genau. Der da«, sagte sie, »der hat andere Getränke, sein Magen verträgt keinen Kaffee mehr, aber ich trinke viel Kaffee.«

»Ja, ja«, lallte er. »Kaffee und Himbeermarmelade«, und er lachte, und etwas Spucke lief aus seinem Mund auf das Hemd.

»Leg dich ins Bett, bis du dich wieder wie ein Mensch benimmst«, sagte die Frau. Er stand gehorsam auf und wankte ins andere Zimmer.

Aulikki war verlegen, lachte und meinte: »Über Himbeermarmelade habe ich in meinen Bögen keine Fragen«, und die Frau winkte ab. »Ach, das ist so eine Geschichte, die mal passiert ist und die ich ihm erzählt habe, als wir uns kennen lernten. Jetzt streicht er sie mir immer aufs Brot.«

»Himbeermarmelade?«, fragte Aulikki.

Sie lachte. »Nicht die Himbeermarmelade, sondern die Geschichte.«

Während des Krieges waren auf der Festung deutsche Offiziere und Soldaten stationiert. Nach dem finnischen Winterkrieg ging es der ganzen Bevölkerung schlecht, und den Leuten auf Suomenlinna besonders. Sie waren weitab von allen Geschäften, wo man sich mit viel Glück noch Nahrungsmittel besorgen konnte. Sie hatten Hunger, sie hatten ständig Hunger und konnten froh sein, wenn sie noch ein paar Kartoffeln für ihre Familien fanden oder noch ein Stück trockenes Brot. So ging es der damals jungen Frau auch. Sie hatte schon seit drei Tagen nichts zu essen gehabt, und sie hatte Angst und einen unbändigen Hunger. Als sie zu der Versorgungsstelle der Insel ging, um zu fragen, ob es dort noch Lebensmittel gebe, ritt ein deutscher Offizier an ihr vorbei, die Frau blickte ihm hasserfüllt nach. Sie hasste alle Männer, die Finnen, die Russen und die Deutschen, alle Männer, die in den Krieg zogen und sie allein ließen mit ihrer Jugend, ihrem Hunger. Plötzlich, als hätte er ihren hasserfüllten Blick in seinem Rücken gespürt, wendete der Reiter und kam auf sie zugaloppiert. Der Frau schlug das Herz in der Brust vor Angst. Hatten diese Deutschen Augen im Hinterkopf? Der Mann brachte sein Pferd vor der Frau zum Stehen, lächelte, rieb seinen Bauch und fragte: »Hunger?« Sie sah ihn verständnislos an. Hatte er Hunger? Und wie sollte sie ihm helfen? Der junge Offizier lachte, sprang von seinem Pferd und stellte sich dicht neben die Frau. Er legte seine Hand auf ihren Bauch und wiederholte: »Hunger?« Sie nickte. Er packte sie an den Schultern, drückte sie leicht und sagte: »Warte hier«, und schon saß er wieder auf dem Pferd und ritt davon. Die Frau wagte sich nicht zu rühren. Sie wusste immer noch nicht, ob sie ihn richtig verstanden hatte, und wenn sie schon warten sollte, worauf sie warten sollte? Sie stand unbeweglich auf der Stelle und starrte auf die Erde und wusste nicht, ob die Gräser im Wind schaukelten oder ob ihr schwindelig wurde.

Da hörte sie das Stampfen der Hufe, erst kam der Schatten und dann das Pferd mit dem Reiter. Er stieg nicht ab, aber er reichte ihr ein Weißbrot und einen kleinen Eimer, der in der Sonne wie Gold glitzerte. Sie sah zu ihm auf, er lächelte, warf ihr einen Handkuss zu und galoppierte auf seinem Pferd davon. In dem kleinen Eimer war Himbeermarmelade.

Die Frau sagte, sie habe geweint, als sie die Marmelade aß.

Sie hätte sich in den Offizier verliebt, sagte sie, sei ihm aber nie wieder begegnet.

Eines Tages rief Tante Tiina Aulikki ans Telephon, gab ihr den Hörer und meinte: »Diese Stimme ist mir unbekannt.«

Der Unbekannte stellte sich als Herr Zuchow vor, ein Enkel des Emigranten. Er sprach sehr leise. Aulikki fragte, ob sein Großvater tot sei, und er antwortete, nein, nein, aber es gehe ihm schlecht, er sei sehr krank. »Das tut mir leid«, sagte sie, und er fragte, ob sie sich treffen könnten. Sie fragte warum, und er sprach von ein paar Angelegenheiten, die er mit ihr regeln müsse.

»Es geht um Geld«, sagte er.

Aulikki verstand nicht, was er meinte. Sie fragte, ob er nicht deutlicher werden könne. Er beharrte darauf, dass er persönlich mit ihr reden müsse, nicht am Telephon.

Aulikki schlug ihm vor, zu ihr zu kommen, aber das wollte er nicht.

Dann schlug er seinerseits eine Baari vor, die sich um die Ecke befand. Aulikki sagte ihm, dass er anscheinend wüsste, wo sie wohne, und er antwortete, er wisse alles über sie. Aulikki war irritiert und überlegte, ob der Emigrant wohl glaubte, hier etwas verloren oder liegen gelassen zu haben, zum Beispiel sein Portemonnaie, und seine Verwandten sie womöglich des Diebstahls verdächtigten. Aber das Einzige in ihrem Besitz, was ihr nicht gehörte, waren die Handschuhe, die sie in der orthodoxen Kirche gefunden hatte.

»Er hat dich vielleicht zu seiner Erbin gemacht oder zu einem seiner Erben«, träumte Tante Tiina.

»Er braucht noch keine Erben, er ist doch nicht tot«, sagte Aulikki.

»Sagt der Enkel«, meinte sie. »Vielleicht hat er ein Testament geschrieben und seine Familie will jetzt wissen, wer die junge Frau ist, für die ein Stück von der Torte abgeschnitten werden soll.«

Aulikki lachte. »Du mit deinen Kuchen.«

»Wenn du nicht in einer Stunde zurück bist, rufe ich die Polizei«, sagte Tante Tiina und Aulikki meinte, dass sie wohl kaum jemand in einer Baari entführen könne, hatte aber trotzdem ein unangenehmes Ziehen im Bauch, als sie sich anzog und auf den Weg machte.

Herr Zuchow erkannte Aulikki offenbar, denn er stand schon auf, als sie durch die Baaritür kam. Er fragte, was sie trinken wolle und ob sie zu essen wünsche. Sie antwortete, dass sie gerne einen Kaffee trinken würde. Er ging zur Theke und holte zwei Kaffee. Nachdem er einige Zeit in seiner Tasse gerührt hatte, sah er Aulikki an und flüsterte: »Die Angelegenheit ist mir sehr peinlich. Ich hoffe, dass Sie mich nicht falsch verstehen.«

»Ich kann Sie bisher weder richtig noch falsch verstehen, weil Sie noch nichts erzählt haben«, antwortete sie schnippisch.

Er lächelte schmallippig, sah sie einen Augenblick direkt an. »Mein Großvater ist ein großartiger Mensch, der in seinem Leben viel durchgemacht hat. Man muss Verständnis für ihn haben, besonders jetzt, wo seine Kräfte nachlassen.«

Und Herr Zuchow neigte den Kopf und beteuerte, dass ihm der Weg zu Aulikki sehr schwer gefallen sei, aber angesichts der Angst, die seinen Großvater quäle, habe er sich dazu entschieden.

»Wozu?«, fragte Aulikki und stand auf, um sich noch einen Kaffee zu holen. Er stand auch auf. »Verzeihung, ich habe nicht gesehen, dass Ihre Tasse leer war, und Sie sind sehr schnell.«

Wie er das Wort »Sie« und »schnell« aussprach, gefiel Aulikki nicht, es lagen Andeutungen in seiner Stimme, und sie hoffte, er würde endlich zur Sache kommen, damit sie sich gegebenenfalls wenigstens gegen seine Vorwürfe verteidigen könnte.

»Wie Sie sicherlich wissen, hat mein Großvater ein großes Unternehmen hier in Finnland aufgebaut?«, sagte er.

Aulikki schüttelte den Kopf.

Er lächelte wieder sein schmales Lächeln: »Sie kannten doch seinen Namen und seine Adresse.« Sie nickte.

»Wenn man seinen Namen kennt, weiß man, wer er ist«, meinte er.

»Mir sagt der Name aber nichts. Mir sagen viele Namen nichts, die andere kennen«, erklärte Aulikki.

Er schüttelte den Kopf, seine Augen blickten misstrauisch, er glaubte ihr nicht.

Dann erzählte er über die Anfänge seines Großvaters in Finnland, über seinen Versuch, in einem fremden Land Fuß zu fassen, und über seine erste Bäckerei und über seine erste Konditorei, seine erste Großbäckerei und wie er dann erst richtig reich wurde, als er begann, die Schulen mit Butterbroten zu beliefern.

Aulikki spürte, dass sie errötete, weil sie an die Wurst, den Käse und Kuchen dachte, die sie geklaut hatte. Er deutete die Schamröte auf ihrem Gesicht anders.

»Also, Sie wissen doch, wer er ist?«

»Nein«, sagte sie, »aber ich habe in einer Großbäckerei gearbeitet, die Schulen belieferte.«

Seine Augen wurden hart, und seine Stimme kalt: »Bisher hatte ich angenommen, die Bekanntschaft mit meinem Großvater habe sich zufällig ergeben, ich kenne ja die Schwächen meines Großvaters. Verzeihliche Schwächen in seinem Alter, wenn man spürt, dass man bald keine Zeit mehr hat, all das zu genießen, was man mit harter Arbeit aufgebaut hat. Sie sind jung, Sie haben das Leben noch vor sich, vielleicht sind Sie auch intelligent, auf jeden Fall sind Sie raffiniert, aber ein Leben auf List und Tücke aufzubauen, ist nicht gut.«

Aulikki wusste immer noch nicht, worauf er hinauswollte und was er ihr vorwarf, aber sie fühlte sich schuldig, wie man sich vor Lehrern schuldig fühlt, nur weil man die richtige Antwort nicht weiß.

»Kommen wir zur Sache«, sagte er.

Seine Hände waren gepflegt, seine Haare braun und glatt wie die Baaritische, er trug einen gestreiften grauen Anzug, ein hellgraues Hemd und eine weinrote Krawatte. Die Aufmachung, dazu sein breites Gesicht mit den hohen Backenknochen und seine beschwörende Stimme, die rätselhaften Worte, das alles ließ Aulikki einen Augenblick glauben, dass sie in einen Film geraten war. Gleich würde Lino Ventura an den Tisch treten und in seiner gelassenen Art die Hände auf die Schultern des Enkels legen, sich mit seinem ganzen Gewicht an den Russen lehnen, Aulikki wie ein gütiger Vater anlächeln und dem Enkel ins Ohr flüstern: »Es reicht. Stehen Sie auf.«

Aulikki lächelte.

»Worüber amüsieren Sie sich?«, fragte er.

»Über Lino Ventura.«

Einen Augenblick wirkte er verwirrt und sah sich um, als stünde der Schauspieler tatsächlich hinter seinem Rücken in einer kleinen finnischen Baari.

»Wie viel wollen Sie haben?«, fragte er Aulikki plötzlich.

»Wofür haben?«

»Wollen Sie noch einen Kaffee?« Ehe sie geantwortet hatte, stand er auf und holte noch zwei Tassen.

»Sie können mir noch so zudringlich in die Augen schauen«, rief Aulikki, »aber ich habe keine Ahnung, was Sie von mir wollen!«

Er flüsterte: »Es geht in erster Linie darum, was Sie wollen. Was wir wollen, ist ja wohl klar. Wir wollen die Briefe!«

»Welche …«, und dann ahnte sie es.

»Sie meinen die Briefe, die Ihr Großvater mir geschrieben hat?«

Er nickte.

»Warum?«, fragte sie.

»Seit mein Großvater krank ist, macht er sich Gedanken darüber, was Sie mit seinen Briefen vorhaben. Es quält ihn Tag und Nacht.«

Aulikki dachte, dass es sie vielleicht auch quälen würde, wenn sie mit siebzig, achtzig Jahren solche Briefe geschrieben und sie auch noch jemandem zu lesen gegeben hätte. Aber das sagte sie dem Enkel nicht, sondern dass sie nicht einsehe, was die Briefe seines Großvaters ihn angingen und woher er von diesen Briefen überhaupt etwas wisse. Er erklärte ihr sehr langsam und geduldig, dass sein Großvater ihn gebeten habe, die Briefe zurückzuholen, damit er nicht bloßgestellt würde.

Aulikki fragte ihn, was denn sein Großvater glaube, was

sie mit diesen Briefen anfangen würde – sie der Presse geben – oder ihn mit den Briefen erpressen?

»Genau das ist es, was mein Großvater befürchtet«, sagte er. Aus diesem Grund sei er bereit, einen angemessenen Betrag für die Briefe zu zahlen. Aulikki erklärte ihm umständlich, dass ihr eigener Großvater, der ziemlich durcheinander sei und Schwierigkeiten habe, Menschen zu erkennen, die ihm früher nahe standen, trotz seiner Verwirrung immer noch klüger sei als sein Großvater, der glaube, die Menschen zu kennen, was aber offensichtlich nicht der Fall sei. Sie stotterte wie Petri.

Er hob die Augenbrauen und lächelte: »Also, wie viel sind sie Ihnen wert?«

Aulikki sagte, sie käme gleich wieder und stürzte aus der Baari.

Sie schellte an der Tür, und ihre Tante fragte, was denn mit ihr los sei und warum sie ihren Schlüssel nicht benutze, und sie hätte auch was Besseres zu tun als Portier zu spielen. Ohne ein Wort lief Aulikki in ihr Zimmer und suchte die Briefe des Emigranten zusammen. Dann lief sie zurück zur Baari und klatschte den Packen auf den Tisch.

»Sind das wirklich alle?«, fragte er.

Sie drehte sich um und ging. Er folgte ihr. Er hatte das Portemonnaie in der Hand. Er schlug es auf und sah Aulikki fragend an. Sie schüttelte den Kopf, sie hatte Tränen in den Augen. Der Enkel des Emigranten lächelte, steckte das Portemonnaie in die Gesäßtasche und sagte: »Sie sind noch so jung.«

**In den** über anderthalb Jahren, die Aulikki bereits in Helsinki wohnte, hatte sie Petri weder angerufen noch war sie ihm zufällig begegnet. Wenn sie im Kino saß, sah sie sich manchmal um, ob er sich nicht unter den Zuschauern befand.

Sie hatte gerade *Außer Atem* von Jean-Luc Godard gesehen. Auf dem Nachhauseweg dachte sie an den Film und an die kurzen Haare der Schauspielerin Jean Seberg, als jemand hinter ihr »Tiina« rief.

Sie sah sich um, obwohl sie nicht Tiina hieß, weil man sich immer umdreht, egal welcher Name gerufen wird, und natürlich auch, weil es der Name ihrer Tante war.

Es war Petri, der den Namen rief, den sie ihm im Zug als ihren angegeben hatte. Aulikki blieb stehen, und er kam auf sie zu und sagte: »Ich dachte, dich gebe es gar nicht mehr.«

Sie zuckte die Schultern und er fragte: »Hast du ein Zimmer gefunden? Wo wohnst du jetzt? Und überhaupt, wie geht es dir?«

Sie antwortete, dass es ihr ganz gut ginge, dass sie ein Zimmer hätte, die Abendschule besuche und ihr Abitur nachmache.

Er hob die Augenbrauen: »Als wir uns das letzte Mal begegneten, warst du bereits Abiturientin.«

Sie sagte: »Ich muss immer alles zweimal machen.«

Er lachte: »Sollen wir irgendwo einen Kaffee trinken?«

Im Café schwiegen sie einige Zeit, er sah Aulikki an.

»Ich überlege, ob ich mir die Haare kurz schneiden soll«, sagte sie.

Er hob die Augenbrauen und lächelte: »Du hast *Außer Atem* gesehen.«

Sie nickte.

»Und du hast deine Ähnlichkeit mit Jean Seberg entdeckt?«

Aulikki schüttelte den Kopf.

»Du guckst dich nicht im Spiegel an«, sagte er.

»Nicht so oft wie andere.«

»Woher weißt du, wie oft andere in den Spiegel schauen?«, fragte er.

Sie zuckte die Schultern.

Dann schwiegen sie wieder. Plötzlich rezitierte er mit seiner schönen, dunklen Stimme:

*Mich verlangt in meinem Sinne,*
*mich bewegen die Gedanken,*
*an das Singen mich zu machen,*
*mich zum Sprechen anzuschicken,*
*Stammesweise anzustimmen,*
*Sippensang nun anzuheben,*
*Worte schmelzen mir im Munde,*
*es entstürzen mir die Mären,*
*eilen zu auf meine Zunge,*
*teilen sich an meinen Zähnen.*
*Liebe Freundin, du meine Gefährtin,*
*schöne Jugendspielgenossin!*

Die Verse kannte Aulikki. So beginnt der erste Gesang des Kalevala, Finnlands Nationalepos.

»Es heißt nicht ›liebe Freundin‹, sondern ›lieber Freund, der Gefährte und ...‹«, sagte sie.

Petri lachte. »Eine kleine Abweichung. In Heldenepen kommen immer zu viele Männer vor.«

»In den Märchen kommen mehr Frauen vor«, sagte sie.

»Ja, die vielen jungen Mädchen, die alle einen Prinzen finden.«

Petri sah ihr in die Augen und Aulikki hatte plötzlich das Gefühl, dass er etwas an ihr sah, was andere nicht wahrnahmen. Sie wurde verlegen.

Er sagte nichts, er sah sie nur an. Sie wurde nervös und fing an zu reden. Sie erzählte ihm von der Bäckerei und von dem Emigranten.

»Merkwürdige Geschichte«, meinte Petri, »aber du bist auch ein merkwürdiges Mädchen.«

Aulikki sagte ihm, dass ihr Helsinki gut gefalle und sie eine Menge Menschen kennen gelernt und immer viel zu tun habe.

»Also hast du dich schon gut eingelebt in der Großstadt?«

»Helsinki ist doch nur ein Dorf«, erwiderte sie.

Er lächelte. »Du hast dich schon sehr gut eingelebt! Aber deine Haare solltest du lang lassen, ich finde, sie stehen dir gut. Ich glaube nicht, dass kurze Haare eine Pariserin aus dir machen.«

Aulikki sah auf die Uhr und sagte, dass sie jetzt gehen müsse, weil ihre Großtante auf sie warte.

Er grinste. »Eine Großtante hast du auch.«

Er wollte die Telephonnummer haben. Aulikki gab sie

ihm, und als er ihr seine geben wollte, sagte sie, sie hätte seine Nummer. Er sah einen Augenblick enttäuscht aus, dann lächelte er. »Vielleicht rufst du mich mal an.«

»Vielleicht«, sagte sie, »und übrigens heiße ich Aulikki!«

Und Petri sagte: »Ich weiß.«

**Aulikki** besuchte mit Anniina eine Dichterlesung. Pentti Saarikoski, der dort erwartet wurde, war der Schwarm aller Mädchen, die jemals selbst versucht hatten, ein Gedicht oder auch nur einen Vers zu schreiben. Und auch all die zukünftigen männlichen Dichter verehrten ihn, versuchten zumindest, seinen Lebensstil nachzuäffen. Das bedeutete, viel zu trinken, fettige Haare und einen zerknitterten Popelinemantel zu tragen, Fragen mit einem müden Lächeln zu quittieren und immer eine Zigarette im Mund oder wenigstens in der Hand zu halten. Aulikki schrieb keine Gedichte und kannte nur wenige von Pentti Saarikoski, aber einige davon gefielen ihr. Er selbst gefiel ihr auch im Gegensatz zu seinen Nachahmern. Der Hörsaal war voll bis auf den letzten Platz. Aulikki wurde schwindelig. Ihr Herz raste. Sie sagte Anniina, sie müsse kurz vor die Tür. In der frischen Luft ging es ihr besser. Vor der Tür stand ein junger Mann und rauchte.

»Im Flur kann man auch rauchen«, sagte Aulikki zu ihm.

»Ich rauche lieber draußen«, antwortete er. Er hatte keine fettigen Haare, und er trug auch keinen Popelinemantel.

»Warum siehst du mich so prüfend an?«, fragte er.

»Tue ich das?«

»Ja, das tust du. Worauf werde ich geprüft, auf mein Aussehen, meinen Charakter oder meine Intelligenz?«

»Auf das, was man sehen kann«, antwortete sie.

»Ich verrate dir meinen Namen. Namen kann man nicht aus den Augen ablesen. Ich heiße Sauli«, sagte er.

Aulikki ging wieder in den Saal, setzte sich auf den Stuhl neben Anniina und wiederholte Saulis Sätze in ihrem Kopf, während Pentti Saarikoski seine genialen Zeilen vortrug. Aber die konnte sie jederzeit nachlesen. Das, was vor der Tür gesprochen wurde, das würde niemand aufschreiben. Warum sollte auch jemand solche belanglosen Sätze festhalten. Außer, sie hätten für diesen jemand eine besondere Bedeutung. Aulikki drehte den Kopf nach links und rechts und nach hinten, und Anniina fragte, wen sie suche. Aulikki zuckte die Schultern.

Pentti Saarikoski spielte mit den Worten wie ein Jongleur mit den Bällen, er trug ein Liebesgedicht vor, und Aulikki überlegte, für welche seiner vielen Frauen er die Sätze wohl geschrieben hatte, aber das spielte keine Rolle, weil das Gedicht sehr schön war.

Sauli stand wieder draußen vor der Tür, als Aulikki mit Anniina die Veranstaltung verließ.

Er lächelte und Aulikki sagte zu Anniina, dass sie verabredet sei. Als sie auf Sauli zuging, hatte sie Angst, dass er aufhören würde zu lächeln oder vielleicht ein anderes Mädchen anlächelte, und sie wusste nicht, wie sie dann an ihm vorbeikäme, ohne anzuhalten, aber er fasste ihre Hand und sagte: »Lass uns gehen.«

Sie gingen, und Aulikki redete, und sie wusste nicht, ob er zuhörte, und sie wusste auch nicht, was sie gesagt hatte. Sie saßen in einer Kellerkneipe, wo Jazz gespielt wurde und viel Rauch war und viel getrunken wurde, und sie tranken und rauchten, und man konnte das eigene Wort nicht verstehen und die Worte des anderen auch nicht, und irgendwann nahm er ihre Hand, die auf dem Tisch lag und nur darauf wartete, dass jemand sie in seine nahm. Er hielt sie lange fest und fragte: »Wie findest du sie?«

»Wen?«, fragte Aulikki.

Er meinte die Band, und sie zuckte die Schultern.

»Du hast keine Ahnung von Jazz, stimmt's?«, sagte er.

Sie lächelte, und er lächelte auch, und es war egal, wovon sie eine Ahnung hatte. Vielleicht würde sie lernen, Jazz zu mögen, vielleicht würde sie lernen, alles zu mögen, was auch er gerne mochte.

Später an dem Abend nahm er sie mit in sein Atelier. Es war ein großer Kellerraum. Dort malte er und vielleicht schlief er auch dort. Auf dem Fußboden lagen eine Matratze und eine Decke. Seine Bilder waren riesig und lehnten an der Wand wie Soldaten beim Freigang. Die Farben auf seinen Bildern waren so grell, dass sie den Augen wehtaten, sogar bei der matten Beleuchtung. Die Farbe lief an den Leinwänden in Tropfen herunter oder bildete komplizierte Labyrinthe. An der Decke hing eine kleine Glühbirne, einsam wie die letzte Frucht im Baum vor dem Wintereinbruch. Was die Bilder darstellten, wusste Aulikki nicht. Er sagte, vielleicht seien es »Hohelieder der Hässlichkeit« oder »Farbiger Frust« oder »Die Flucht aus der Ästhetik«, und sie dachte, dass er wohl auch selbst wusste, dass seine Bilder nicht viel taugten.

Sie sagte: »Deine Namen für die Gemälde sind auf jeden Fall besser als die Bilder selbst. Sie sind ziemlich grausig!«

In seinen Augen flackerte kurz Verlegenheit und Enttäuschung auf und Aulikki sah, dass er zwar wusste, dass seine Bilder nicht gut waren, jedoch hoffte, dass jemand das Gegenteil behauptete. Es tat ihr leid, dass sie nicht diejenige war, die das Gegenteil behauptete, und sie fragte: »Was sagen denn die anderen zu deinen Bildern?«

Er lachte: »Vergiss die Schmierereien. Ich habe auch richtige Bilder.« Er zeigte ihr Fotos. In den Räumen, die er fotografiert hatte, befanden sich keine Menschen, und die Menschen, die er fotografiert hatte, befanden sich nicht in Räumen. Sie kamen aus einer dunklen Ecke und hatten eine leere Fläche vor sich, oder sie hatten die Fläche bereits durchquert, waren dabei, das Bild zu verlassen, und man sah nur ihren Rücken. Die Stadtstreicher, die er aufgenommen hatte, saßen in der Luft wie auf einer unsichtbaren Wolke. Ein Mädchen breitete die Arme aus, als wolle sie fliegen, sah aber aus, als würde jemand sie an den Füßen festhalten.

Sauli sprach ernst über seine Fotos.

»Jeder Augenblick ist wie ein ausgestorbenes Tier, das kommt nie wieder«, sagte er. »Man kann nicht jeden Augenblick festhalten«, sagte er. »Aber ich knipse und knipse und dann entwickele ich die Fotos und hoffe, dass ein Bild dabei ist, dass das wiedergibt, was ich in dem Augenblick sah, als ich es aufnahm. Es ist wie beim Schreiben, man sucht nach dem richtigen Wort.«

Er sagte: »Die Menschen sind unruhig, weil sie ständig auf der Suche nach irgendetwas sind, und ich versuche den Augenblick einzufangen, wenn sie zur Ruhe kommen. Suchende sehen alle gleich aus, nur derjenige, der nicht mehr sucht, zeigt, was er fühlt oder wer er ist, ob er das gefunden hat, was er suchte, ob er stolz, glücklich oder gemein ist, ob er es aufgegeben hat zu suchen und resigniert ist oder einfach froh, dass die Zeit der Unruhe vorbei ist.«

Aulikki nickte immer wieder. Sie verstand ihn. Und sie

verstand ihn nicht. Es waren zu viele Worte, und sie wollte lieber die Fotos anschauen. Wozu so viel erklären, wenn man Bilder hat. Sie überlegte, was sie antworten würde, wenn er sie würde fotografieren wollen, aber er fragte nicht. Er zeigte ihr seinen Fotoapparat. »Es ist eine Leica«, sagte er stolz und legte den Apparat wieder weg, und sie war enttäuscht, dass er diesen Augenblick nicht fotografierte, weil sie das längst ausgestorbene Tier sein wollte, das er festhielt. Er holte eine Flasche Weißwein unter dem Bett hervor, der wie Essig schmeckte. Sie tranken ihn abwechselnd direkt aus der Flasche, obwohl Gläser auf dem Tisch standen. Er meinte: »Gut, dass wir nicht mehr haben von diesem Gesöff, davon bekommt man nämlich einen Mordskater«, und dann sagte er, dass er sie jetzt nach Hause begleiten würde, damit sie nicht nachts allein durch die Straßen laufen musste.

Vor der Haustür küsste er sie leicht auf die Lippen.

Sie ging ins Treppenhaus und stieg einige Stufen hoch, und dann rannte sie zurück zur Tür. Sie wollte ihm noch etwas sagen, irgendetwas. Sie riss die Tür auf, aber er war nicht mehr da.

Am nächsten Tag sahen sie sich und an dem Tag danach.

Sie gingen am Meer spazieren und kehrten immer wieder in die Innenstadt zurück, wo er sich wohl fühlte. Er erzählte ihr, welche Gebäude er schon fotografiert hatte. Wie beiläufig mit gleichgültiger Stimme erwähnte er, dass er auch von Pentti Saarikoski Fotos gemacht hatte.

»Er sieht gut aus«, sagte Aulikki.

»Keine schönen Fotos«, sagte er. »Pentti hat keine Angst, hässlich auszusehen, er hat alle möglichen Grimassen gemacht, eine John-Lennon-Brille aufgesetzt und die Finger in die Nasenlöcher gesteckt.« Sauli meinte, es sei eine Freude gewesen, Pentti zu fotografieren, weil Pentti wusste, dass er jeder sein könnte und trotzdem er selbst bleibe.

Aulikki verstand nicht, wie man jeder sein kann, und sie wusste auch nicht, was es bedeutet, ein Selbst zu bleiben.

Sie bat Sauli, ihr die Fotos von Pentti Saarikoski zu zeigen. »Eines Tages«, sagte er und dann gingen sie in eine Kneipe, und er hielt ihre Hand und sah sich den Handrücken, die Handfläche und ihre Finger an. Dann ließ er sie wieder los und sagte, dass er gerne im Schnee spazieren gehen würde.

»Ich auch«, sagte sie. Es kam ihr vor, als hätte sie noch nie in ihrem Leben zu jemandem die Worte »ich auch« gesagt.

Sie gingen spazieren, und der Schnee knirschte unter seinen Schuhen und unter ihren. Während sie seine Schritte neben ihren eigenen hört, singen in ihrem Kopf Porgy und Bess: *You is my woman now, you is, you is,* singt Porgy. Und Bess antwortet: *Mornin' time and evenin' time and summer time and winter time.*

Sie besuchten das Ateneum, das Kunstmuseum, und Aulikki führte Sauli zu ihren Lieblingsbildern. Sie verweilte vor dem Gemälde mit einem Mann, der andächtig mit einem Buch, wahrscheinlich mit der Bibel, vor einem Boot steht, das Boot ist halb an Land gezogen und scheint auf den Mann und die Leute zu warten, die sich langsam nähern. Die Menschen halten großen Abstand zueinander, aber sie wirken miteinander verbunden durch ihre Schatten, die ihnen vorangehen. Das Bild war von Hugo Simberg.

Sauli zuckte die Schultern. Er mag keine Männer sehen,

die an irgendeinem Ufer ihr Boot anstarren, als würden sie die letzte Reise antreten. Aulikki sagte, sie würde auch andere Bilder von Hugo Simberg gerne anschauen.

Überhaupt, dieser Hugo Simberg, sagte er, sei doch sehr hölzern und naiv in seinen Themen gewesen und diese ganze durchsichtige Symbolik und der Tod und Teufel, die er immer heraufbeschwört hat, seien langweilig.

Sie zeigte ihm ein Gemälde von Helene Schjerfbeck, obwohl sie befürchtete, das Bild werde ihm auch nicht gefallen. Ein Junge sitzt auf einem Schemel und füttert seine kleine Schwester mit Suppe. Das kleine Mädchen stützt sich mit einer Hand am Knie des Bruders ab wie ein Kind, das gerade erst laufen lernt. Es sind arme Kinder und ihre Gesichter wirken alt. Die Schwester starrt den vollen Löffel gierig an, der Blick des Bruders ruht erwachsen auf dem Mund seiner Schwester, als trüge er allein die Verantwortung dafür, dass die Kleine satt wird.

Das Bild, sagte Sauli, würde ihm nicht besonders imponieren, aber es stimme schon, dass Helene Schjerfbeck wunderbare Farben und eine moderne Maltechnik verwende, aber er wäre für was ganz Neues, totale Befreiung von den Darstellungen der menschlichen Tragödien oder auch von denen des Alltags. Die Zeit sei gekommen, sich von der Tradition, der nationalen Zugehörigkeit zu trennen, es sei Zeit, die Geschichte, die eigene Herkunft und die Familie zu vergessen und sich auf ein Leben einzustellen, in dem nur der Augenblick zähle.

Sie trafen sich fast jeden Tag und er sagte: »Ich bin erstaunt, dass ich dich immer wieder gerne anschauen mag.«

Aulikki war auch erstaunt, dass er sie anschauen mochte.

Einmal waren sie wieder in seinem Atelier, und sie saß auf der Matratze steif wie in der Sonntagsschule, weil er sie gefragt hatte, ob sie sich ausziehen würde.

Als Aulikki nackt war, sah er sie an und sagte: »Schön, auch nackt bist du schön.« Dann zog er sich auch aus. Sein Bauch war für einen jungen Mann schon etwas rund, und er war auch sonst nicht dünn, sein Kopf wie bei den männlichen Löwen etwas zu wuchtig und Aulikki stellte sich vor, wie er majestätisch auf allen vieren auf sie zuschreitet.

Er legte sich auf sie, ihr Körper war ein anderer Körper, weich und glücklich, und sie hörte auf, an irgendetwas zu denken. Sie war aufgeregt wie ein Kind beim Bleigießen am Silvesterabend.

Nachher war alles um sie hell und sie war benommen, als hätte sie zu lange in die Sonne gestarrt. Sie sah Sauli an und er leckte sich die Lippen ab wie der Kater, den sie mal hatte, seine Barthaare immer ableckte, wenn er eine Maus gefressen hatte. Als wollte er sagen: »Hat gut geschmeckt.«

Sauli stand auf und reckte sich und sagte: »Zieh dir etwas an, du wirst dich sonst erkälten.«

Er legte eine Platte auf und erzählte von der Sängerin Bessie Smith, die arm und ohne Eltern aufwuchs und dann von Ma Rainey entdeckt wurde und in Begleitung von Louis Armstrong, Benny Goodman und anderen Jazzgrößen sang. Sauli erzählte, dass der Erfolg von Bessie Smith nur einige Jahre dauerte und sie verarmt nach einem schweren Autounfall verblutete, weil das Krankenhaus keine Schwarzen aufnahm. Aulikki dachte, wie traurig es ist, dass man nur eine Stimme und eine Geschichte hat.

»**So**, du hast einen Freund«, stellte Tante Tiina am nächsten Morgen fest, als würde sie es riechen. Aulikki schüttelte den Kopf, und die Tante sagte: »Na, ich hoffe doch, dass ich eines Tages sehen werde, wie lang die Beine deiner Lüge sind.«

Aulikki lächelte, und ihre Tante fragte: »Was soll die Geheimnistuerei?«

Am nächsten Abend rief Sauli an und sie gingen ins Kino und er sagte, dass Filme ihn ärgern, weil in ihnen Geschichten erzählt werden. Man könne die Bilder auch ohne eine Geschichte bewegen.

»Kein Mensch schaut sich anderthalb Stunden andere Menschen an, wenn sie sich ohne Grund bewegen«, sagte Aulikki.

»Nur weil alle süchtig danach sind, dass etwas geschieht«, meinte er.

»Was hast du gegen Geschichten?«, fragte sie.

»Geschichten sind Lügen!«

»Dann ist das ganze Leben eine Lüge«, sagte sie.

»Gut möglich«, meinte er.

Sie setzten ihre Geschichte fort. Für Aulikki war immer wieder Silvesterabend. Der Beginn eines neuen Jahres.

Zu Hause hatten sie zu Silvester Blei gegossen. Aulikki fiel es schwer, das flüssige Blei in das kalte Wasser zu kippen, sie wollte die Zukunft nicht kennen, sie wollte das Blei über die Kerzenflamme halten und es weiter zittern lassen, aber ihre Mutter rief: »Mach schon!« Es zischte, und Aulikki fischte die erstarrte Figur aus dem Wasser und sah keine Wahrsagung, sie sah nur Blei in einer neuen Form, und sie wollte die Figur wieder auf den Löffel setzen und zusehen, wie sie sich auflöst und wieder lebendig wird.

Einmal sagte sie Sauli, dass sie sich fühle, als würden sie Blei gießen. Er lachte, küsste sie auf den Bauch und sagte: »Es ist wie Bleigießen, aber wenn hier eine neue Figur entsteht, kann ich dir unsere Zukunft sofort voraussagen. Du tust doch etwas dagegen?«

Sie nickte.

Manchmal redete und redete er und war so klug, dass Aulikki der Kopf schmerzte. Er machte sich Sorgen, was alles auf der Welt passierte und was werden sollte, und wie man dies und das ändern könnte, und er schüttelte den Kopf über die ganze Menschheit wie ein besorgter Vater über ein missratenes Kind.

Und dann legte er Miles Davis auf, Charlie Parker und Aulikki zuliebe Bessie Smith, die sie besonders mochte.

Morgens ging er, seine Leica geschultert wie ein Gewehr, zur Zeitungsredaktion und dort wurde ihm gesagt, wo er hinfahren musste, um ein paar Fotos zu schießen, von einem Autounfall oder von einer Baustelle, oder auch von fertigen Gebäuden oder von Leuten, die es weit gebracht hatten, oder von solchen, die erst noch hofften, dass sie es weit bringen würden. Er lachte über sie: »Die haben doch keine Ahnung.« Aulikki hatte keine Ahnung, wovon sie keine Ahnung hatten. Aber irgendwann erklärte er ihr, dass viele Menschen alles für den Erfolg tun würden, dass sie alles tun, um berühmt zu werden, und dass sie in ihrem Ehrgeiz Gefahr liefen, sich selbst zu verkaufen. Und er sagte, dass man sich selbst treu bleiben muss. Seine Worte flatterten an ihren

Ohren vorbei, sie starrte seinen Mund an, sehnte sich danach, seine geschlossenen Lippen auf ihren zu spüren.

Sie wusste nicht, wie es ist, sich zu verkaufen. Sie hatte nichts zu verkaufen. Sie träumte auch nie von einer Karriere oder vom Erfolg.

Vielleicht werde ich mal Geschäftsführerin in Babus Restaurant, wenn er sich entschieden hat, ob sein Restaurant in London oder in Helsinki stehen soll, dachte sie.

Aber im Augenblick hatte sie keine Zeit, sich über Babus Restaurant Gedanken zu machen oder überhaupt Gedanken zu machen, weil Sauli ihr Denken war.

In der Abendschule bat sie der Mathelehrer nach der Stunde, noch in der Klasse zu bleiben.

»Mit meiner Frau und mir geht es wieder den Bach runter«, sagte er.

Sie zuckte die Schultern.

»Ich weiß nicht, was ich machen soll«, sagte er.

Aulikki schwieg.

Er sagte: »Das wollte ich dir nur sagen.«

Anniina gratulierte ihr: »Du hast jemanden gefunden.«

Anniina seufzte, als würden alle Menschen nichts anderes machen als ständig nach jemandem suchen, mit dem man gehen, stehen, sitzen, liegen, reden, den man lieben kann. Aulikki lächelte. Vielleicht hatte Anniina Recht. Vielleicht sucht man auch, ohne zu wissen, dass man sucht.

**Sie trat wieder** eine neue Stelle an, als Putzhilfe bei einem alten Ehepaar. Nach ein paar Tagen gab es Probleme mit der Zeit. Aulikki sollte von montags bis freitags von neun bis zwölf Uhr putzen. Aber die Wohnung war so sauber, dass man den Staub suchen musste.

»Ich weiß nicht, was ich hier fünfzehn Stunden lang machen soll«, sagte Aulikki.

»Wenn es so ist«, sagte die Frau und sah ihren Mann an.

»Ja, so ist es wohl«, meinte er.

»Und wenn ich nur dreimal in der Woche käme?«, schlug Aulikki vor.

»Nein, nein«, sagte die Frau. »Wir haben gesagt fünfmal in der Woche drei Stunden, und du brauchst das Geld, wo du noch in die Schule gehst, und irgendetwas wird uns doch einfallen.«

Er überlegte: »Fenster müssen ja auch mal geputzt werden.«

»Ja!«, rief sie, »natürlich, die Fenster.«

Und Aulikki putzte die Fenster. Sie putzte sie mit Spülmittelwasser, dann noch mit Essigwasser, und dann trocknete sie die Scheiben mit einem weichen Tuch, und dann rieb sie mit Zeitungspapier die restlichen Streifen ab, und nach zwei Stunden war sie fertig. Sie schaute ständig auf die Uhr, ob nicht etwas mehr Zeit verstrichen war, aber wie langsam sie auch arbeitete, die Zeiger der Uhr waren noch träger.

»Du bist zu schnell«, sagte die Frau. »Geht alles zu flott«, meinte er, und sie schüttelten den Kopf.

»Die Schränke!«, rief er. »Die Schränke sollten wieder mal von innen und außen abgewischt werden, und vielleicht könnte man das eine oder andere auch wegschmeißen.«

»Natürlich, die Schränke, die hätte ich fast vergessen«, sagte sie, und alle waren glücklich, dass Aulikki wieder etwas gegen die langsamen Zeiger der Uhr ausrichten konnte.

Das Ehepaar hatte eine Parfümerie gehabt, die immer noch existierte, aber jetzt von der Tochter geführt wurde. Die beiden Alten wachten immer früh auf. Wenn sie geduscht hatten, setzten sie sich in ihren Ankleideraum, in dem zwei gepolsterte Stühle vor zwei Frisierkommoden standen, sie setzte sich auf den rechten Stuhl und er setzte sich auf den linken Stuhl. Sie begann sich das Gesicht zurechtzumachen. Er kämmte sich die Haare und klopfte ein wenig Rasierwasser auf die Wangen. Sie legte eine Creme auf, dann ein leichtes Make-up und dann noch etwas Puder auf die Nase und auf die Wangen. Der Puder war in einer großen runden Schachtel, auf der Rosen abgebildet waren. Sie liebte solche Schachteln, kleine Fläschchen mit Nagellack und Nagellackentferner und Parfüm, und ihr ganzer Frisiertisch war voll von kleinen Dosen und Fläschchen, und manchmal wunderte Aulikki sich darüber, dass sie immer die richtige Farbe für die Augenbrauen fand und für die Wimpern oder den richtigen Lippenstift, und sie sagte, sie wüsste es blind, wo sich was befindet, weil früher, wenn sie ins Geschäft gingen, alles schnell gehen musste.

»Wir waren gut organisiert, stimmt doch«, sagte sie zu ihm, und er nickte und band die Lackschuhe zu und zog die Weste über das Hemd und über die Weste das Jackett.

Sie fragte ihn: »Was für ein Kleid soll ich heute anziehen, Schatz?«

Und er antwortete: »Du siehst doch immer entzückend aus.« Er tätschelte ihre Wange und sie sagte: »Pass auf, dass du mein Make-up nicht verschmierst.«

Sie hieß Lilja und er hieß Kalle. Die ersten Wochen warteten sie immer mit fertigen Gesichtern und adrett angezogen auf Aulikki. Kalle öffnete die Tür, zog seine Uhr aus der Westentasche und sagte: »Pünktlich wie die Feuerwehr.« Und Lilja kam zur Tür und staunte: »Da bist du ja schon. Wie die Zeit vergeht! Ich bin mit der Morgentoilette gerade erst fertig geworden.«

Dann fragte sie Aulikki: »Was hast du denn heute vor?«

Und er: »Ja, was machen wir denn heute?«

Sie runzelte die Augenbrauen: »Das habe ich doch eben gesagt, du musst mir nicht alles nachplappern.«

Und er murmelte: »Manchmal plapperst du mir auch alles nach.« Lilja lachte und sagte zu Aulikki: »Wir sind schon zwei verrückte Alte.«

Lilja war so dünn und spitz, dass Aulikki dachte, man müsste sie in die Erde stecken wie einen Heureiter und sie mit viel Heu füttern, und Kalle sah aus, als hätte es schon jemand getan.

Sie sagte Lilja und Kalle, dass sie auch kochen könne.

Lilja schlug die Hände über dem Kopf zusammen: »Und das sagst du erst jetzt.«

»So, so, das Mädchen kann kochen«, murmelte Kalle und packte ihren dünnen Arm. »Warum hat das Mädchen sich selbst denn nicht bekocht?«

»Es müssen ja nicht alle solche Fettbäuche haben wie du«, meinte Lilja, und er sagte etwas beleidigt: »So, so.«

Dann ging er ins Wohnzimmer, um die Zeitung zu lesen, und Lilja wusste nicht, was sie währenddessen machen sollte. »Komm«, sagte sie zu Aulikki, »ich will dir etwas schenken.« Sie holte einen alten Koffer aus einem Schrank, den Aulikki schon sauber gemacht hatte. Er war voll von kleinen Parfümfläschchen.

»Such dir etwas aus«, sagte Lilja.

Es waren viele und Aulikki schaute nur auf die Form der Flaschen, die dünnbäuchigen, die runden, die mit der Taille, die, die nach unten breiter wurden, und die, die nach oben breiter wurden, dann las sie die Namen: Chanel, Guerlain, Madame Rochas, Dior, Balmain. Sie suchte sich eine Flasche von Madame Rochas aus und sagte: »Ich nehme diese.«

»So einfach geht das nicht«, belehrte Lilja sie. »Die Kunden kaufen doch auch kein Parfüm, nur weil die Flasche schön ist. Es muss der richtige Duft sein, du musst sie erst alle riechen!«

»Damit bin ich ja den ganzen Morgen beschäftigt.«

Lilja knuffte sie in die Seite und nickte in Richtung des Wohnzimmers: »Dann braucht der da sich wenigstens keine Gedanken zu machen, was du heute tun könntest.«

Nachher war Aulikki wie betäubt von all den Düften, und sie blieb bei Madame Rochas. Lilja gab ihr noch fünf andere Fläschchen dazu und meinte: »Du musst deinen Typ noch finden.«

Als Aulikki irgendwann die vielen Gläser aus den Vitrinen, all die Tassen und Teller, die nie benutzt wurden, gespült und das Silberbesteck mit einem Silbertuch poliert hatte und alle Trockenblumensträuße abgestaubt waren und sie nur noch die Daumen drehen und auf die Uhr gucken konnte, sagte sie: »Ich möchte gerne kochen.«

»So, so«, sagte er.

Und Lilja sagte: »Lass sie doch kochen.«

Jeden Morgen überlegten sie als Erstes zusammen, was Aulikki kochen sollte, und dann schrieb sie die Zutaten auf, und Kalle zog seinen Mantel an und schlüpfte in seine Überschuhe, nahm den Zettel und die Einkaufstasche, gab Lilja einen Kuss und sagte zu Aulikki: »Pass auf, dass meine Frau keine Dummheiten macht, während ich weg bin.«

Sie machte die Betten, saugte Staub, wischte hier und da mal mit einem Lappen, und Lilja folgte ihr von einem Zimmer ins andere und redete. Sie erzählte von ihren Reisen nach Paris und nach Rom.

»Überall war es voll und laut, aber vielleicht kam es uns nur so laut vor, weil die Franzosen und Italiener ein ganz anderes Temperament haben. Und die Italiener habe ich sowieso nicht verstanden, die hätten mich auf der Straße verkaufen können und ich hätte nur blöd gelächelt und ›Si, si‹ gesagt. Aber Kalle war ja immer dabei, und er hätte mich schon zurückverlangt.«

»Und hier, schau mal!«, rief sie, »und stell doch endlich den albernen Staubsauger weg.«

Sie zeigte ihr Fotos von Paris. Lilja vor dem Eiffelturm. Lilja vor dem Dior-Laden auf den Champs-Élysées, Lilja in den Markthallen, hinter ihr riesige Fische, und Lilja Kalle küssend in einem Restaurant. »Ach ja«, sagte sie, »wir haben viel von der Welt gesehen!« Sie zeigte Aulikki Bücher, die sie von Parfümfirmen als Geschenk bekommen hatten. Ein Buch über Paris, eins mit französischen Plakaten und einen Picasso-Kunstband. Aulikki blätterte neugierig in den Büchern.

»Kannst du haben«, sagte Lilja. »Ich schenke sie dir. Nach Paris fahren wir sowieso nicht mehr und Toulouse-Lautrec und wie die alle heißen interessieren mich nicht. Dieser Picasso schon gar nicht. Wozu soll man sich Bilder angucken, wo man die einzelnen Körperteile wie bei einem Puzzle selbst zusammensuchen muss.«

Manchmal hatten Lilja und Kalle Streit miteinander. Aulikki sah es an seinem Gesicht, wenn er ihr die Tür aufmachte. Er nickte kurz, zog seine Uhr aus der Westentasche, schaute darauf und murmelte: »Meine Frau ist noch nicht fertig.«

Lilja kam mit einem steifen Rücken in die Küche und sagte: »Mir ist heute nicht nach Mittagessen. Ich werde nichts essen.«

»So, so«, brummte er und putzte sich die Brillengläser.

Am nächsten Tag flüsterte er Aulikki zu: »Die Dame des Hauses erfreut sich bester Laune.«

Lilja summte und machte ein paar Tanzschritte.

Kalle betrachtete sie stolz.

**Aulikki** wurde nachts seltener von Alpträumen geplagt. Die Panikattacken überfielen sie nicht mehr, wenn sie allein war, ihr Herz schlug ruhig, wenn sie sich in einer Menschenmenge bewegte. Und wenn ihr Herz mal schneller schlug, dann aus Freude und vor Überraschung. Die Liebenswürdigkeit von Lilja und Kalle trug sie über die Vormittagsstunden und jede freie Minute unterhielt sie sich mit Sauli. In Gedanken. Sie erzählte ihm alles über ihr bisheriges Leben. Wenn sie sich trafen, kamen ihr die bereits ausgedachten Sätze banal und unwichtig vor. Sie sprach sie nicht aus. Sie versuchte sich danach zu richten, was ihn interessierte. Über ihre Familie erzählte sie Sauli nur wenig. Über seine erfuhr sie noch weniger. Mutter und Vater irgendwo. Schwester und zwei Brüder irgendwo. Großeltern lebten auch irgendwo. Onkel und Tanten, Cousinen und Vettern gab es auch – irgendwo. Manchmal erzählte er ihr von seiner Arbeit.

Einmal sagte er: »Heute hat sich ein Mann vor die Straßenbahn geworfen, er ist überfahren worden.«

»Furchtbar«, sagte sie.

»Wenn du es so sehen willst«, meinte er.

Sie wusste nicht, wie man es sonst sehen sollte.

»Hast du es in der Redaktion gehört oder hast du es selbst gesehen?«, fragte Aulikki.

»Ich habe es gesehen.«

Sie stellte sich die Szene vor und sagte noch einmal: »Furchtbar.«

»Man weiß doch, dass so etwas passiert«, sagte er.

»Sehen ist etwas anderes als wissen.«

»Das Sehen macht das Mitgefühl zur Heuchelei. Zu viel Aufregung dabei«, meinte er. »Ich finde, es ist eine relativ sichere Art, sich das Leben zu nehmen.«

Sie besuchten die Kneipen, in denen Jazz gespielt wurde, und er erzählte ihr etwas über die Bands und was sie spielten, und wer das Stück komponiert hatte und wo und von wem es das erste Mal gespielt wurde. Jazz liebte er, weil es die Musik war, bei der man am besten alles vergessen und sich auf den Augenblick konzentrieren könne, der gerade da war. Er sagte: »Wenn du Jazz hörst, hast du keine Familie, keine Mutter und keinen Vater, keine Geschwister, keine Vergangenheit, nicht einmal eine Freundin, du vergisst sie alle. Es gibt nichts außer der Trompete. Nichts außer dem Saxophon oder dem Klavier. Jemand singt. Rauchig, heiser oder klar. Und du fühlst dich frei.«

Sie dachte an die Musik, an die Schallplatten, die sie zu Hause gehört hatte. Und sie dachte, dass sie sich beim Musikhören am ehesten mit allen und allem verbunden fühlte. Bei den andächtigen Klängen der Musik von Toivo Kuula befand sie sich in einer kleinen Holzkirche und bei Oskar Merikanto schaukelte sie in einem Boot, sah den Himmel und die Wellen, als wäre es das erste Mal, bei Beethoven wuchs ihr Kopf, wurde groß wie ein Konzertsaal, wenn sie Chopin hörte, dachte sie an zarte Mädchen, die in luftigen Kleidern über dem Boden schwebten. Mozart mochte sie am liebsten. Früher zu Hause, wenn ihre Eltern eine Schallplatte von Mozarts Klavierkonzerten aufgelegt hatten, legte sie sich ins Bett und schloss die Augen. Und es war, als läge sie in dem Klavier und würde jeden Schlag auf die Tasten in ihrem Körper spüren.

Sie gingen in die Kneipen, und er hörte den Trompeten und Saxophonspielern und den Klavierspielern zu, und sie improvisierten und gaben Sauli, der sich so gut mit den Stücken auskannte, das Gefühl, das, was er hörte, sei ganz neu. Und sie, für die jede dieser Kompositionen neu war, hatte das Gefühl, alles sei alt.

Einmal begleitete er Aulikki morgens um fünf Uhr nach Hause. Eine alte Frau schob eine Karre auf der anderen Seite der Straße. Sie trug Zeitungen aus.

»Komm«, sagte Sauli, »wir helfen ihr.« Sie gingen hinüber und boten der Frau an, die Zeitungen mit auszutragen, dann ginge es schneller. Sie musterte die jungen Menschen misstrauisch und meinte dann: »Na, wenn ihr nichts Besseres zu tun habt.«

Aulikki und Sauli waren schnell. Die Alte kam gar nicht mit, sie blieb einfach stehen, schüttelte den Kopf und ließ sie machen. Als alle Zeitungen ausgeteilt waren, bedankte sie sich bei ihnen und Sauli machte eine tiefe Verbeugung vor ihr. »War uns ein Vergnügen.«

Nachher sagte er wütend: »Sie trägt mitten in der Nacht Zeitungen aus, und dann trinkt sie Kaffee, und dann putzt sie einige Wohnungen oder Eigenheime, und abends putzt sie in irgendeiner Fabrik und dann geht sie nach Hause, um in ein paar Stunden wieder Zeitungen auszutragen.«

»Woher weißt du das?«, fragte Aulikki.

»Ich weiß, wie es ist«, sagte er. Er legte die Arme um sie. »Ich kenne es von meiner Mutter. So ist ihr Leben.«

Mehr erfuhr sie nicht über seine Mutter.

Er erzählte Aulikki, dass er schon als kleiner Junge so getan habe, als würde er Fotos schießen, auch wenn er keinen Fotoapparat besaß. Er hatte aus dem Daumen und dem Zeigefinger einen Kreis gemacht und dann wie durch eine Linse geguckt und ›Klick‹ gemacht.

»Meinen Vater nervte das. ›Hör auf mit dem Blödsinn‹, sagte er oft, und einmal sagte er: ›Hör auf zu knipsen‹, und da dachte ich, er glaube wirklich daran, dass ich Fotos mache, zumindest im Kopf. Hätte ich doch all die Negative der Fotos, die ich ohne Fotoapparat geknipst habe.«

Und sie erzählte ihm, dass sie einmal in der Grundschule einen Aufsatz geschrieben hatte mit der Überschrift ›jesus und ICH‹. In ihrem Aufsatz ging es darum, dass Jesus und sie am selben Tag Geburtstag haben. Aulikki hatte geschrieben, dass sie es sehr schön fände, auch wenn sie weniger Geschenke bekäme als andere Kinder an ihren Geburtstagen, weil ihrer mit Weihnachten zusammenfiel. Sie hatte geschrieben, dass es etwas Besonderes sei, am selben Tag wie der Herr geboren zu sein. Sie war sehr stolz auf den Aufsatz gewesen. Die Lehrerin bemerkte dazu aber nur: »Jesus schreibt man immer groß und ich schreibt man immer klein.«

Aulikki erzählte Sauli, dass sie als Kind Ziehharmonika gespielt habe.

»Ziehharmonika«, sagte er und zog die Augenbrauen hoch.

»Ein Kinderakkordeon«, erklärte sie.

»Jede Ziehharmonika ist ein Kinderinstrument«, sagte er.

Zu Weihnachten schenkte Sauli ihr Gedichte von Pentti Saarikoski und Aulikki schenkte ihm die Handschuhe aus der Uspenski-Kathedrale. Sie dachte, es hätte was zu bedeuten, dass sie die Handschuhe zufällig in der schönen Kirche gefunden hatte, wie sie Sauli auch zufällig getroffen hatte, als sie nur ein paar Gedichte hören wollte.

Sie sprachen nie über die Liebe. Sauli meinte, dass man das Wort Liebe am besten ganz vermeiden solle. Aulikki wusste kein anderes Wort dafür und sprach nicht mehr darüber, was sie für ihn empfand. Sie hätte gerne mit ihm über die Zukunft gesprochen. Aber das mochte er auch nicht. »Zukunft gibt es nicht«, sagte er.

Sie träumte, dass sie zusammen wohnen würden, wenn sie ihr Abitur gemacht hätte. Aulikki würde dann in Babus Restaurant arbeiten oder Mathe studieren. Sie träumte davon, dass Sauli Ausstellungen haben würde und er all die lobenden Sätze zu seinen Fotos zu hören bekam, die diese verdienten.

Aulikki war ständig unterwegs und Tante Tiina sagte: »Ich bekomme Rheuma vor lauter Zugluft. Immer geht die Tür auf, dann wieder zu. Dann wieder auf und wieder zu. Man kriegt nichts mit, nur den Wind.«

Aulikki lud Sauli zu sich ein, damit Tante Tiina ihn kennen lernte. Sie hatte ein wenig Angst vor diesem Zusammentreffen, weil Sauli schwierig sein konnte und Tante Tiina auch. Aber die beiden plauderten miteinander wie alte Bekannte, und Tante Tiina sagte später zu ihr: »Da hast du jemanden aufgegabelt, der sich auch mit älteren Frauen auskennt.«

Aulikki wusste nicht, mit wem Sauli sich auskannte. Einige seiner Kollegen und Kolleginnen lernte sie in der Kneipe kennen. Sie redeten über den Vietnamkrieg und über die amerikanischen Soldaten. Und Aulikki wunderte sich, dass sie über den Krieg redeten, als seien sie dort gewesen, und dass sie zu allem eine unumstößliche Meinung hatten.

Sie begegnete seinen Kollegen auch mal bei Jazzkonzerten. Die meisten schienen älter zu sein als Sauli, und Aulikki wusste nicht, ob er mit jemandem besonders befreundet war.

Einmal trafen sie Petri in einer Kneipe. Sauli begrüßte ihn und stellte ihm Aulikki vor.

Petri lächelte und sagte: »Wir sind uns schon mal begegnet.«

»Wo denn?«, fragte Sauli erstaunt.

»Im Zug«, antwortete Petri.

Sauli erzählte, dass Petri ab und zu für die Zeitung Artikel schreibe und dass Petri auch Gedichte von ihm im Rundfunk gelesen habe.

»Du schreibst Gedichte?«, fragte Aulikki.

»Ja«, sagte er, »aber zur Zeit nicht.«

Sie war eifersüchtig auf Petri, dass er Saulis Gedichte vortragen durfte, wo Aulikki sie nicht einmal kannte. Und sie war verletzt, sie dachte, dass Sauli wahrscheinlich glaubte, sie würde seine Gedichte nicht verstehen.

Im Sommer gingen Sauli und Aulikki oft schwimmen. Sie lagen auf dem Sand und ließen sich von den Sonnenstrahlen streicheln, und die Hitze machte sie unruhig, und sie suchten sich eine einsame Stelle aus, wo sie sich lieben konnten. Danach rannten sie in die Wellen, um sich abzukühlen.

Aulikki fand die Liebe draußen noch schöner als in dem kalten Atelier, wo sie die grellen Bilder immer anstarrten und sie rätseln musste, was sie wohl darstellten. Sie rubbelten sich gegenseitig trocken. Sie wollte ihn ständig küssen. Sie wollte ihn überall berühren. Sauli lachte, als sie mit den Fingern immer wieder über seinen Körper strich. »Hör auf«, sagte er. »Es fühlt sich an, als wolltest du mich neu formen.«

»Meine Hände sollen dich nie vergessen«, sagte sie.

**Die Stiefmutter** rief an. Aulikkis Vater hatte einen Herzinfarkt gehabt. Er lag im Krankenhaus. Aulikki fuhr hin.

Seine Hände lagen über der Bettdecke wie damals die Hände ihrer Mutter, aber seine waren ganz ruhig, und sein Blick flatterte nicht, als er Aulikki ansah. Er sagte: »Schade, dass es zwischen uns beiden so still geworden ist.«

Sie nahm seine Hand und hielt sie fest.

Aulikki dachte an ihre Mutter, die unbedingt in den Wald wollte, der direkt hinter dem Krankenhaus lag. Die Mutter war von der Krankheit schon sehr geschwächt, wollte es aber nicht einsehen. Sie wollte nie etwas einsehen. Aulikki saß an ihrem Bett und goss Wasser in ein Glas und die Mutter trank und sagte dann: »Ein schöner Tag, zu schade, um im Bett zu liegen. Hilf mir auf die Beine, ich will mit dir in den Wald.«

Aulikki meinte, dass das bestimmt zu anstrengend sei, und die Mutter sagte: »Das muss ich wohl selbst wissen, oder nicht?«

Aulikki nahm den Morgenmantel aus dem Schrank, aber die Mutter wollte einen Rock und eine Bluse anziehen. Aulikki hatte gedacht: ›Sie schafft es doch nicht‹, aber sie half ihr in den Rock und in die Bluse, sie zog ihr auch Schuhe an. Die Mutter setzte sich auf die Bettkante. Der Schweiß rann ihr über die Augen und Aulikki sagte: »Vielleicht solltest du dich lieber wieder hinlegen«, aber sie stand auf, stützte sich auf Aulikki wie auf einen Spazierstock und sie hatten den Wald fast erreicht, als die Mutter zusammenbrach.

Immer wollte sie alles genau wissen. Wenn Aulikki ihr etwas erzählte und aufgeregt war, weil sie gerade aus der Schule kam und so viel zu erzählen hatte, dass sie nicht wusste, wo sie anfangen sollte und einfach irgendwo begann und an einer ganz anderen Stelle fortsetzte, sagte die Mutter: »Ich verstehe dich nicht. Fang bitte noch einmal von vorne an und erzähle in der richtigen Reihenfolge.«

Und sie fing noch einmal an, und die Mutter sagte: »Wenn man etwas erzählt, muss man es klar erzählen. Denn du willst doch, dass ich dich verstehe?« Aulikki nickte und die Mutter sagte: »Hör auf mit den Beinen zu wackeln, sonst fällst du mit dem Stuhl um, und außerdem kann man nicht zuhören und gleichzeitig mit den Beinen wackeln.«

Die Mutter sagte, das Problem bei den meisten Menschen sei, dass sie weder erzählen noch zuhören könnten.

Aulikki bemühte sich immer sehr, ihr alles so zu erzählen, dass sie es beim ersten Mal verstand.

Wenn Aulikki sich an Dinge erinnerte, die geschehen waren, als sie fünf Jahre alt war, fühlte sie sich wie eine Fünfjährige und immer, wenn sie an Ereignisse dachte, die sie mit zehn Jahren erlebt hatte, wurde sie wieder zehn. Wenn sie immer zurückblickte, würde sie nie älter werden, oder sie würde eines Tages zu einer Salzsäule erstarren wie Lots Frau.

Das sagte ihre Mutter, wenn jemand nicht vom Fleck kam. Dieser Jemand war oft Aulikki. »Steh nicht rum wie Lots Weib«, sagte sie dann.

Als sie im Krankenhaus lag und Aulikki hin und her rannte, weil sie die Schwester holen oder die Brechschale oder einen kalten Lappen oder der Mutter Wasser eingießen musste, sagte sie aber auch: »Du bist so flink, ich weiß gar nicht, was ich ohne dich machen würde.«

Und sie sagte: »Wir beide, wir stehen das durch.«

Aulikki hatte genickt.

»Keiner soll glauben, dass wir aufgeben«, sagte die Mutter. Sie zeigte auf die Wände des Krankenzimmers. »So ein weißes Zimmer gefällt mir gut. Wenn ich wieder zu Hause bin, will ich aus dem Schlafzimmer den ganzen bunten Kram rausschmeißen, alles soll weiß sein.«

Aulikki fragte: »Die rote Tagesdecke auch?«

Sie antwortete: »Wenn ich sage alles, dann meine ich alles.«

Im Krankenhaus redete die Mutter viel. Aulikki sagte kaum etwas. Es fiel der Mutter nicht auf. Sie konzentrierte sich nur noch darauf, alles rückgängig zu machen, die Krankheit, die Operationen, ihr ganzes Leben.

»Ich bin nur krank geworden, weil ich mich zu viel geärgert habe«, sagte sie. Oder: »Das kommt davon, weil ich als Kind nicht genug zu essen hatte.« Oder: »Das kommt davon, weil mein Bruder mir mal beim Kartoffelernten den Spaten auf den Kopf gehauen hat!«

Dann musste Aulikki ihre Finger auf die Stelle legen und die Mutter fragte: »Spürst du es?«

Aulikki spürte die Narbe auf ihrem Kopf, aber der Tumor war in der Brust.

»Das werde ich nicht hinnehmen«, sagte ihre Mutter, als sie die Diagnose hörte. »Ich werde dagegen kämpfen. Wer nicht kämpft, hat schon verloren.«

Wenn Aulikki in der Schule schlechte Arbeiten schrieb, sagte die Mutter zu ihr: »Wissen ist wie Netze knüpfen. Die

Knoten müssen fest sein. Je größer das Netz, umso mehr Fische kann man fangen. Und wenn das Netz Löcher hat, muss man es flicken. Sonst schwimmen die Fische durch. Verstehst du?«

Aulikki nickte, und der Vater sagte: »Wenn aber im Netz zu viele Fische sind, reißt es auch!«

Darauf antwortete die Mutter: »Um deine Netze brauchst du dir keine Sorgen zu machen, so viele Fische wirst du nie fangen.«

Der Vater sagte: »Nun, lass gut sein.«

Aber die Mutter ließ es nicht gut sein.

Und Aulikki dachte, wenn ich groß bin, lasse ich immer alles gut sein. Sie fand das ständige Kämpfen und Netze knüpfen anstrengend.

Die Mutter wollte, dass alles anders sei, als es war. Eines Nachts im Winter träumte sie von den ersten Pfifferlingen, und sie starrte am Morgen die schwebenden Schneeflocken an, als dürfe es nicht wahr sein, dass die Träume von der Wirklichkeit Monate entfernt lagen. Und sie starrte auf die leere Stelle, wo ihre Brust gewesen war, und sie wollte, dass ihre Brust wieder wächst, sie wollte, dass die Metastasen verschwinden, sie wollte, dass Aulikki zwanzig Jahre alt ist und nicht zehn, damit sie alles versteht, was die Mutter ihr erzählte. Und manchmal sah sie Aulikki wütend an und fragte: »Verstehst du?«

Und sie sagte »Jaa«, auch wenn es nicht stimmte, weil sie dachte, dass es die Mutter glücklich mache zu glauben, dass Aulikki alles verstand.

»Dann ist ja gut«, sagte die Mutter, »gib mir bitte einen Schluck Wasser.«

Als Aulikkis Schwester aus Helsinki kam, um die Mutter zu besuchen, erzählte die Mutter Aulikki nichts mehr. Sie sprach nur mit Sinikka. »Weil sie ja so selten da ist«, erklärte sie Aulikki. »Das verstehst du doch?«

Sinikka fuhr zurück nach Helsinki, Aulikki goss ihrer Mutter wieder Wasser ins Glas, wusch ihr das Gesicht mit einem feuchten Waschlappen und die Mutter sagte: »Du hast so schöne Haare, solche hatte ich auch.« Oder sie sagte: »Du hast meine Augen.« Oder: »Deine langen Beine hast du von mir.« Und manchmal klang es, als würde sie abzählen, welche Körperteile sie Aulikki bereits abgetreten hatte.

»Wo bist du mit deinen Gedanken?«, fragte Aulikkis Vater.

»Ich dachte an Mutter. An die lange Zeit, die sie im Krankenhaus verbrachte. Weißt du noch, wie sie immer über die Netze sprach?«

Ihr Vater lächelte. »Natürlich. Meine Frau, die Tochter des Fischers.«

Aulikki hob den Kopf ihres Vaters und gab ihm Wasser zu trinken, sie schüttelte sein Kopfkissen auf, damit er weicher lag, und sie dachte, dass sie ihn pflegen und ihm immer Wasser zu trinken geben würde, und wenn es ihm besser ging, würde sie ihm einen Lammbraten machen, so wie Babu ihn immer machte. Mit Speck umwickelt und im Ofen gebraten, und dazu gäbe es Minzesauce und Kartoffeln im Kräutermantel.

Sie wirbelte in seinem Krankenzimmer herum und suchte nach einer Aufgabe. Aber es gab nicht viel, was sie hätte tun können, und sie sagte zu ihrem Vater: »Ich komme später wieder.«

Sie ging in die Stadt und schaute sich die Häuser an wie ein Tourist und dachte: Ein schönes rotes Holzhaus, was für ein schönes grünes Holzhaus, und auch die weißen und braunen Holzhäuser fand sie schön. Sie grüßte die Menschen auf der Straße und lächelte, und sie lächelten zurück. Sie war glücklich, weil sie Sauli hatte und der Vater nicht gestorben war.

**In dem** gelben Haus wartete die Stiefmutter schon auf sie. Aulikki umarmte sie. Ihr Glück war wie ein offenes Haus, in dem jeder willkommen war. Sie fragte Laina, wie es ihr gehe. Laina antwortete, dass ihr Herz auch manchmal stolpere, und dass das von all den Sorgen käme, und ob Aulikki ihre Schwester oft sähe, und dass sie den kleinen Jungen noch gar nicht kenne, weil Sinikka und ihr Mann es wohl nicht für nötig hielten, das Kind der Stiefgroßmutter zu zeigen, und dass Aulikkis Vater Laina nicht mitgenommen habe, als er in Helsinki gewesen sei, und der Kleine müsse ja schon über ein Jahr alt sein.

»Zwei Jahre ist er«, sagte Aulikki, und dass der Vater sie auch nicht besucht habe, als er in Helsinki war, und dass der kleine Junge ganz süß aussehe. Wie Kinder eben aussehen, wenn sie klein sind.

Sie tranken Kaffee und Aulikki fragte, ob sie Laina ein paar Pilze braten solle und ob sie noch welche hätten vom letzten Herbst. Laina zeigte Aulikki das Holzfass, das noch halb voll war, und Aulikki briet Pilze mit Zwiebeln.

Dann wurde Aulikki ruhelos und ihr Glück strahlte schwächer, wie das Licht einer Taschenlampe, wenn die Batterie fast leer ist.

Sie fragte Laina nach dem Befinden des Großvaters.

»Dein Großvater ist jetzt völlig verwirrt«, sagte Laina. »Ich glaube nicht, dass er dich erkennt.«

Großvater fragte Aulikki, ob sie ihm Zigaretten mitgebracht hätte. Sie antwortete, dass sie keine dabeihätte, ihm aber welche holen könne, wenn er sich welche wünsche.

Er sagte: »Bitte darum!«

Aber als Aulikki ihm dann die Zigaretten gab, sagte er, dass sie ihn wohl vergiften wolle. Er habe nie geraucht. Aulikki lächelte. Großvater hatte gequalmt, dass ihm der Rauch aus den Ohren kam. Nach einer Weile erinnerte er sich wieder daran, und er fragte nochmals, ob sie ihm Zigaretten mitgebracht habe. Sie gab ihm die Schachtel und er brummte, ob man denn alles selbst machen müsse. Aulikki nahm zwei Zigaretten aus der Schachtel und zündete eine für ihn und eine für sich an.

Er blies ihr den Rauch seiner Zigarette ins Gesicht und sagte: »Verehrte Frau, Veikko ist gestorben.«

»Welcher Veikko?«, fragte sie und er sagte: »Hat sich tot gesoffen«, und wann es endlich etwas wärmer werde, und dann fragte er Aulikki, wie viel Grad denn in ihrer Umgebung herrschten, und sie wusste es nicht, aber es interessierte ihn auch schon nicht mehr, und sie sagte dann, dass jetzt August sei.

»Nie gehört«, meinte er. »Muss vor meiner Zeit gewesen sein.« Und wann denn das Essen käme, schließlich müsse man ab und zu was zwischen die Zähne bekommen, und er stocherte mit den Fingern in seinen Zähnen und holte noch Reste von der letzten Mahlzeit heraus und sah sie sich sehr genau an, als versuche er sich zu erinnern, was für Speisen es wohl gewesen waren.

Sie rauchten noch eine. Das Zimmer war überhitzt, aber er wollte nicht, dass Aulikki das Fenster öffne.

Sie ließ das Fenster geschlossen und schwitzte. Ihm war nicht zu warm, er saß in Unterhemd und Unterhose da und zwischendurch packte er seine Hoden und sah Aulikki fragend an, als wollte er von ihr wissen, warum solche Dinger zwischen seinen Schenkeln wuchsen.

Dann wanderte sein Blick durch den Raum und er runzelte die Stirn, als gefalle ihm das Zimmer überhaupt nicht.

Aulikkis Gedanken schweiften zu Sauli und zu seinen Fotos von Augenblicken. Und sie dachte an die Netze ihrer Mutter, an ihren Vater, der vielleicht nach Worten suchte, die er nie aussprach.

Aulikki schwieg und sah ihren Großvater an, dem das Glück und Unglück aller Menschen gleichgültig waren.

»Letzte Woche war da draußen ein Vogel«, sagte der Großvater und zeigte auf sein Bett. »Hat sich ein Nest gebaut, können sogar sechs Eier drin gewesen sein. Wo der Vogel geblieben ist, weiß ich nicht. Man kann ja nicht alles im Auge behalten.«

Er zwinkerte Aulikki zu und flüsterte: »Die Eier hab ich aufgegessen, was sagst du jetzt!«

Sie fragte, ob sie geschmeckt hätten.

»Woher soll ich das nun schon wieder wissen«, sagte er.

Dann bekam er sein Essen, und Aulikki verabschiedete sich.

Der Großvater stürzte sich auf das Essen, als sei das alles, was ihm geblieben war.

Aulikki besuchte das Grab ihrer Mutter. Auf ihm wuchsen Moos und Gras. Eine späte Margerite blühte.

Als Kind stellte sie sich vor, dass die Blumen aus dem

Nabel ihrer Mutter wachsen, und sie redete mit den Blumen.

Später dachte sie: Auch wenn diese Blumen aus meiner Mutter wachsen und ich aus ihr gewachsen bin, kann man diese Teile nicht mehr zusammenfügen. Sie unterhielt sich nicht mehr mit den Blumen. Sie wollte auch nicht mehr mit der Mutter sprechen, die tot war.

Aber sie ging auf den Friedhof und beobachtete die Besucher, die Blumen auf den anderen Gräbern begossen. Sie versuchte herauszufinden, ob die anderen sich mit den Blumen unterhielten oder mit den Menschen, die nicht mehr da waren.

Hinter der Friedhofsmauer standen dichte Tannen. Um die Bäume kreisten Nebelkrähen. In den Märchen, an die Aulikki sich erinnerte, kam oft der Wald vor. Im Wald verlief man sich schnell. Und dort lauerte immer etwas Böses. Die Mütter in den Märchen waren immer gut und sie starben früh und die Väter jagten ihre Kinder mit Tränen in den Augen aus dem Haus und die Stiefmütter tanzten in rotglühenden eisernen Schuhen, bis sie tot umfielen.

Der Himmel war bedeckt, als Aulikki zu ihrem Vater ins Krankenhaus zurückkehrte. Seine Augen waren klar, aber sein Blick war entrückt und er sagte: »Verzeih mir bitte das, was ich falsch gemacht habe.«

»Mir geht es doch gut«, sagte Aulikki.

Er lächelte. »Wenn man glücklich ist, sucht man nicht nach Schuldigen. Erst wenn man unglücklich ist. Da will man wissen, wer an dem Unglück Schuld hat. Aber vielleicht gibt es keine Schuldigen. Wir Menschen bilden uns ein, wir würden die Richtung unseres Lebens selbst bestimmen, weil uns der eine Weg besser gefällt als der andere. Ich weiß nicht. Vielleicht träumen wir nur. Aber Träume sind wie Wolken, sie treiben aufeinander zu, vereinen sich, gehen auseinander und ändern dabei ständig ihre Form. Und irgendwann lösen sie sich ganz auf.«

Aulikki wusste nicht, was sie darauf antworten sollte. Er hatte auch keine Frage gestellt. Sie ließ die Sätze stehen, die der Vater für sie oder für sich selbst hatte sagen wollen, und erzählte ihm von der Abendschule und von Anniina. Sie erzählte ihm auch, dass sie einen Freund habe.

Er nickte und setzte seine eigenen Gedanken fort: »Jeder Tag ist wie eine Hand voll Erde auf das Grab deiner Mutter gefallen. Sie war schon tief begraben, aber jetzt schaufle ich die Erde wieder zur Seite, um mir neben ihr Platz zu schaffen.«

»Du möchtest doch nicht sterben?«, sagte Aulikki.

»Nein, nein. Wer will das schon.« Er schwieg eine Weile und sagte dann: »Du solltest nicht länger hier bleiben. Das Schlimmste ist ja überstanden. Der Platz eines jungen Menschen ist nicht im Krankenhaus. Und du wirst in Helsinki erwartet.«

Aulikki war ein wenig enttäuscht, dass er sie nicht zu bleiben bat, aber auch erleichtert, dass sie zurückfahren konnte. Sie schlief noch eine Nacht in dem weißen Zimmer. Im Bett schaute sie auf ihren Körper, als sei er eine Neuanschaffung, die sie bald Sauli vorführen könnte.

Am nächsten Morgen wurde sie von den Schreien eines Eichelhähers geweckt und bekam Herzklopfen, weil sie das für ein schlechtes Zeichen hielt. Aber im Krankenhaus war alles gut.

Sie küsste ihren Vater zum Abschied auf die Stirn und dachte, darunter sind seine Träume und Ängste verborgen und ich werde sie nie erfahren.

Der Vater sagte: »Da im Nachtschränkchen ist mein Portemonnaie, gib es mir bitte. Ich möchte gerne deine Reisekosten übernehmen.«

»Danke«, sagte sie. »Kann ich Mutters rote Decke mitnehmen?«

»Sie gehört ja dir«, antwortete er.

**Sauli** hatte Aulikki nicht angerufen, und sie hatte ihn nicht anrufen können, weil er in seinem Atelier kein Telephon hatte und sie bei der Zeitung nicht anrufen wollte.

»Hat jemand nach mir gefragt?«, fragte sie Tante Tiina.

»Irgendein Petri hat ein paar Mal angerufen, aber was er wollte, hat er nicht gesagt.«

»Und sonst niemand?«

Ihre Tante schüttelte den Kopf.

»Ich muss los«, sagte Aulikki.

»Reisende soll man nicht aufhalten«, meinte Tante Tiina.

Das Atelier war dunkel. Aulikki lief einige Zeit auf und ab und wartete. Aber Sauli kam nicht.

Sie ging langsam zurück. Solange sie den Eingang des Ateliers sehen konnte, drehte sie sich immer wieder um und hoffte, dass aus dem Fenster Licht auf die Straße falle oder Sauli gerade die Straße entlangkomme.

Sie packte ihre Tasche aus und versuchte sich mit ihrer Tante zu unterhalten, aber Aulikki konnte weder erzählen noch zuhören. Sie war unruhig und sie hatte Angst, dass Sauli etwas zugestoßen war.

Tante Tiina sagte: »Am besten, du gehst ins Bett. Dann kommt der nächste Tag schneller und dein geliebter Sauli auch.«

Am nächsten Tag meldete er sich immer noch nicht. Und im Atelier war er auch nicht.

Aulikki ging wieder arbeiten und versuchte nicht daran

zu denken, was geschehen sein konnte, nicht daran zu denken, dass Sauli sich vielleicht von einer Straßenbahn hatte überfahren lassen, weil er plötzlich nicht mehr daran glaubte, dass man ein ausgestorbenes Tier zum Leben erwecken kann, nicht mehr daran glaubte, dass man einen Augenblick festhalten kann und er an sich selbst auch nicht mehr festhalten wollte.

Sie wusste nicht, wo Saulis Eltern wohnten. Nachdem sie noch einen Tag gewartet hatte und dreimal vor dem Atelier hin- und hergelaufen war, rief sie alle Virtanens an, die im Telefonbuch von Helsinki standen. Es waren viele. Aber keiner hatte einen Sohn, der Sauli hieß.

Aulikki rief Lilja an und sagte, sie würde gerne noch mal einen Tag freinehmen.

Lilja fragte: »Geht es deinem Vater wieder schlechter?«

»Nein«, antwortete Aulikki, »ich muss nur einiges erledigen.«

Sie wartete den ganzen Tag vor dem Atelier.

Er kam nicht.

Aulikki rief in der Redaktion an und fragte, ob sie wüssten, wo Sauli sei. Jemand sagte ihr, dass er ein freier Mitarbeiter sei und schon seit einiger Zeit keine Fotos mehr für die Zeitung gemacht habe. Die einzige Adresse, die sie von ihm hatten, war die vom Atelier.

»Er hat nicht angerufen«, beantwortete Tante Tiina die nicht gestellte Frage.

Auf der Kommode lagen zwei Zettel. Auf dem einen stand: *Petri hat angerufen.*

Und auf dem zweiten stand: *Petri hat angerufen.*

Aulikki rief ihn an. »Was wolltest du von mir?«, fragte sie.

Er lachte. »Muss ich denn einen besonderen Grund haben? Ich wollte einfach fragen, wie es dir geht.«

»Weißt du zufällig, wo Sauli ist?«, fragte Aulikki.

»Wieso fragst du mich danach?«

»Ich war einige Zeit weg, und er wusste nicht, wann ich zurückkomme. Macht nichts. Ich werde ihn bestimmt bald sehen«, sagte sie.

»Bestimmt. Mach dir keine Sorgen«, sagte er. Seine Radiostimme klang warm und tröstend.

Sie legte auf.

Der Brief war nicht lang. Er schrieb: ›Grün und Blau in deinen Augen. In Südafrika werden die Schwarzen unterdrückt. Für Helsinki ist die Metro wichtig. Ich denke an dein Lächeln und lasse dich frei. Wind soll dich mitnehmen und an einen guten Ort tragen. Ich wende mich einem anderen Lächeln zu.

Du bleibst ein Negativ auf meiner Netzhaut, bis das Bild entsteht.

Sauli‹

Aulikki legte sich ins Bett. Sie deckte sich mit der roten Decke zu und das Bett kam ihr vor wie eins der Löcher in der Wüste, in die man plötzlich fiel und aus denen man nie wieder herauskam. Sie dachte an das Arsen, das Emma Bovary genommen hatte, und an ihren qualvollen Tod. Sie dachte, dass es zur Zeit viele Pilze im Wald gab. Pilze und die gelben Blätter der Birken, die man leicht für Pfifferlinge halten konnte. Sie hätte gern den Wald gesehen. Aber sie blieb liegen, beschnupperte ihren Schweiß wie den Geruch eines anderen Körpers. Das Herz raste ihr davon. Aber sie verlor nicht das Bewusstsein. Ihre Tante hatte Schlaftabletten. Aulikki schluckte sie alle. Tante Tiina rief einen Krankenwagen.

**An Aulikkis Bett** steht eine Frau und sieht auf sie herab. Die Frau hat kurze, dunkle Haare, ein energisches Gesicht und sie betrachtet Aulikki mit einem Blick, in dem sich Mitgefühl und Ungeduld vermischen. Sie trägt ein Sackkleid aus bedruckter Baumwolle. Blaue Wellen auf schwarzem Untergrund.

»Bist du wach?«, fragt sie.

Aulikki nickt.

»Wie geht es dir?«, fragt die Frau.

»Gut.«

Die Frau lächelt. »Nun, das kann ich nicht so recht glauben. Du wärst kaum hier, wenn es dir gut ginge.«

Aulikki sieht zum Fenster.

»Vor dem Fenster sind Gitter«, sagt sie.

»Das muss sein. Wir müssen unsere Patienten schützen.«

»Wovor?«, fragt Aulikki.

»Vor sich selbst.«

»Das kann man nicht«, sagt Aulikki.

»Darüber können wir reden. Wir können über alles reden. Deswegen bin ich hier. Ich heiße Helena.«

»Ich habe Schwindelanfälle«, sagt Aulikki. »Manchmal vergesse ich, wie man atmet.«

»Du solltest hier bleiben«, sagt Helena.

Aulikki schüttelt den Kopf. »Jeder muss damit fertig werden«, sagt sie.

»Womit fertig werden?«, fragt Helena.

»Mit dem Leben.«

»Das Leben ist nicht so grausam und schwer, wie man in manchen Augenblicken glaubt«, sagt Helena.

»Augenblicke sind wie ausgestorbene Tiere«, sagt Aulikki.

»Wie bitte?«, fragt Helena.

»Das hat mir irgendwann mal jemand gesagt«, erklärt Aulikki.

»Möchtest du über ihn sprechen?«

Aulikki schüttelt den Kopf.

»Ich gebe dir meine Telephonnummer. Falls du doch mal mit mir reden möchtest«, sagt Helena. »Draußen auf dem Flur warten drei Frauen. Soll ich sie hereinlassen?«

Aulikki nickt.

An der Tür dreht sich Helena um und sagt: »Deine Schwindelanfälle kommen vom falschen Atmen. Man nennt es Hyperventilation. Du solltest immer eine Papiertüte oder Plastiktüte in der Tasche tragen. Wenn du anfängst zu hecheln, atmest du in die Tüte. So verhinderst du, dass zu viel Kohlendioxid durch deine Lunge ausgeatmet wird. Das ist allerdings nur eine praktische Hilfe. Wenn du nicht dein Leben lang in eine Tüte atmen willst, solltest du nach dem Grund deiner Hechelei forschen.«

Tante Tiina hat Aulikki Kleidung mitgebracht. Während sie sich anzieht, schaut Sinikka aus dem Krankenhausfenster und sagt: »Hättest du bloß ein Wort gesagt.«

Anniina umarmt Aulikki und flüstert: »Es wird wieder alles gut.«

Tante Tiina schweigt. Aulikki schämt sich. Sie kommt sich lächerlich vor.

Nachdem Tante Tiina dem Taxifahrer die Adresse angegeben hat, schweigen alle.

Als sie zusammen in der Küche sitzen, reden Sinikka und Anniina über die Schule, Tante Tiina macht ein paarmal den Mund auf, schließt ihn wieder, schluckt, als würden ihr die Worte in der Kehle stecken bleiben. Dann stockt das Gespräch zwischen Sinikka und Anniina auch.

Sinikka steht auf und meint: »Aulikki muss sich bestimmt ausruhen.«

Anniina sagt: »Ich komme bald wieder.«

Tante Tiina bringt sie zur Tür.

»Es tut mir leid«, sagt Aulikki, als Tante Tiina sich ihr wieder gegenübergesetzt hat.

»Na, was denn«, sagt die Tante. »Geschehen ist geschehen. Ich könnte mir allerdings die wenigen Haare ausreißen, wenn ich daran denke, dass du vorhattest, dein Leben wegzuwerfen, als gäbe es ein neues im nächsten Laden um die Ecke. Herrgott noch mal!«

Sie drückt Aulikki an ihre dicke Brust. Aulikkis Tränen durchnässen die Bluse von Tante Tiina.

Sie seufzt: »Die Bluse habe ich auch zu Ehren des Emigranten angeschafft. So viel vergebliche Liebesmüh.«

**In der Nacht** träumt Aulikki von ihren Eltern. Die Mutter steht im Wald in einem gelben Rock. Der Vater tritt auf sie zu. Er legt die Hand auf die Stelle, an der die Brust fehlt. Die Brust fängt an zu wachsen, sie wird rund und prall. »Ich habe einen Fisch gefangen«, sagt der Vater stolz.

Aulikki geht wieder zu Lilja und Kalle, kocht und saugt Staub.

»Geht es deinem Vater besser?«, fragt Lilja.

»Die Eltern machen einem schon Kummer«, sagt Kalle.

Aulikki geht zur Schule und macht ihre Hausaufgaben. Sie besucht ihre Schwester. Der Schwager erzählt von berühmten Gebäuden, Stadtteilen, von Kriegen und Friedenszeiten, von Herrschern und Sklaven. Aulikki spielt mit Janne.

Janne kann schon gut reden. Manchmal kann Aulikki ihn nicht verstehen, manchmal verhaspelt er sich in seiner Aufregung über die vielen Worte, die es gibt.

Petri ruft an. »Was machst du?«, fragt er.

»Ich lese *Madame Bovary.*«

Er lacht. »Du scheinst sehr langsam damit voranzukommen.«

»Ich lese das Buch zum zweiten Mal.«

»Natürlich«, sagt er. »Du bist ja das Mädchen mit den Wiederholungen.«

»Ich fasse es einfach nicht, dass Menschen mit offenen Augen ins Unglück stürzen«, sagt Aulikki.

»Das mit den offenen Augen glaube ich nicht«, sagt Petri.

Aulikki geht mit Veli auf dem Friedhof spazieren und Veli sagt: »Demnächst werde ich im Central Park laufen. Du kannst in meiner Wohnung bleiben, bis ich mich entschieden habe, ob ich zurückkomme oder in den Staaten bleibe. Aber wenn du mein Angebot annimmst, nur um vor dem traurigen Bild einer gescheiterten Liebe Kerzen anzuzünden, muss ich dir leider den Eintritt verwehren.«

Babu ruft an. Er wird in London bleiben.

Anniina hat einen Freund. »Jetzt weiß ich, was Glück ist«, sagt sie.

Petri ruft an. Seine Mutter ist in eine andere Stadt umgezogen. Sie hat Petri die Wohnung mit den merkwürdigen Tierbildern überlassen.

»Ich habe viel Platz«, sagt Petri.

Ich habe Freunde, denkt Aulikki.

Aulikki entrümpelt mit Lilja einen Schrank und entdeckt ein Akkordeon. Sie fragt Lilja, ob sie es mitnehmen kann.

»Nimm nur, nimm nur«, sagt sie. »Ist eh bloß ein Staubfänger.«

»Ein Relikt aus früheren Zeiten«, sagt Kalle. »Hab schon Jahrzehnte nicht mehr gespielt.«

Als Aulikki das Akkordeon umfasst und die Finger auf die Tasten und Knöpfe legt, erinnert sie sich gleich an die Griffe, Noten und an ein paar Melodien.

Sie zieht das Akkordeon auseinander und drückt es zusammen und es kommt ihr vor, als würde sie atmen.

Sauli schickt ihr ein Buch. Es ist ein Gedichtband von ihm und heißt *Träumende Mädchen.* Er hat keinen Gruß dazugeschrieben. In der Mitte des Buches, zwischen zwei Gedichten, steckt ein Lesezeichen. Eins der Gedichte heißt *Die Bleigießerin*.

Aulikki schreibt die Abiturarbeiten. Zur Abiturfeier kommen Laina und Vater nach Helsinki. Sie schenken ihr Rosen.

**Petri ruft an.** Sie gehen ins Kino. Der Film heißt *Blow up.*

»Von Michelangelo Antonioni«, sagt Petri.

»Schöner Name«, sagt Aulikki.

Es ist die Geschichte von einem Fotografen, der glaubt, zufällig einen Mord aufgenommen zu haben. Er ist besessen von der Idee des Mordes und meint, den Beweis auf einem winzigen Ausschnitt des Fotos entdecken zu können, er vergrößert den Ausschnitt, vergrößert die Vergrößerung des Ausschnitts und fährt fort, bis nur noch unscharfe, schattenhafte Punkte zu sehen sind. Aulikki kann den Film nicht zu Ende ansehen. Thomas, der Fotograf, erinnert sie an Sauli. Petri verlässt mit ihr das Kino. Er stellt keine Fragen.

Sie sehen sich andere Filme an.

Manchmal fällt es Aulikki leicht, mit Petri zu reden. Manchmal scheinen die Worte in ihrem Mund anzuschwellen, sie bekommt sie nicht heraus und kann sie auch nicht herunterschlucken.

Wenn Petri stottert, steckt er die Hände in die Hosentaschen und pfeift durch die Zähne.

Aulikkis Vater ruft häufiger an. Manchmal beschwert er sich über Laina. »Sie ist so launisch«, sagt er. »Heute so, morgen anders.«

»So sind wir doch alle«, sagt Aulikki.

»Dass ich das von dir höre«, sagt er.

»Was denn?«

»Dass du sie in Schutz nimmst.«

Aulikki überlegt, was sie studieren könnte.

Sie sagt Petri, dass vielleicht Mathe das Richtige für sie sei. »Zahlen brechen nicht zusammen, wenn man sie subtrahiert, sie werden nicht eitel, wenn man sie addiert, sie bleiben gelassen, wenn sie multipliziert werden, und protestieren nicht, wenn man sie wieder dividiert.«

Petri lacht. »Ändert aber nichts an dem Herzklopfen desjenigen, der die Rechenaufgaben lösen muss.«

»Und Geschichte«, sagt sie. »Geschichte ist wie ein alter Friedhof, ohne frische Gräber.«

Einmal fragt Aulikki Petri: »Wovon träumst du?«

»Von dir«, antwortet er.

»Und was träumst du von mir?«

»Ich träume, dass du zufällig auch gerade von mir träumst.«

»Das wäre ein unwahrscheinlicher Zufall«, sagt Aulikki.

»*Hoffnung ist das Federding, Das in der Seele schwingt –, Und die Lieder ohne Worte, Ohne Ende singt –*«, rezitiert er.

Sie denkt an die Zeit, als Petri und sie Segelschiffe auf dem Meeresboden waren. Und sie erinnert sich, dass sie damals glaubte, in ihren Schiffsleibern seien Juwelen und Gold, silberne Ketten und Zauberringe versteckt, und dass derjenige, der sie findet, sein Leben lang reich sein werde.

Sie gehen am Hafen spazieren. Petri sucht nach einer Forelle. Aulikki sieht den Fischern zu. An ihren Händen kleben silberne Schuppen und Blut. Sie sondern die kleinen Fische von den großen, schütteln die zappelnden Maränen in die eine Holzkiste, werfen die Hechte und Barsche in die andere. Die Möwen streiten sich um jeden Bissen, um die Reste eines Lachsbrötchens auf dem Marktplatz, um die lebenden und toten Fische im Meer. Ab und zu sehen die Fischer von ihrer Arbeit auf, lassen den Blick über das Meer gleiten.

Petri legt den Arm um Aulikki. Eine Weile schauen sie den Fischern beim Flicken der Netze zu. Die Fische haben große Löcher in die Maschen gerissen.

Am Abend kochen Petri und Aulikki zusammen. Sie schälen Kartoffeln, schrubben Möhren, rupfen Salatblätter auseinander. Petri brät die Forelle. Er dreht sie so behutsam in der Pfanne um, als würde sie noch leben. Er hat ruhige Hände. Und er lässt sich mit allem Zeit.

Aulikki deckt den Tisch.

**Marjaleena Lembcke** wurde 1945 in Kokkola/Finnland geboren und studierte Theaterwissenschaften und Bildhauerei. Seit 1967 lebt sie mit ihrer Familie in der Nähe von Münster, Westfalen. Ihre Bücher wurden vielfach ausgezeichnet, ihr Kinderroman *Als die Steine noch Vögel waren* etwa erhielt den Österreichischen Kinder- und Jugendbuchpreis 1999 und wurde im selben Jahr nominiert für den Deutschen Jugendliteraturpreis. Bei Nagel & Kimche erschienen zuletzt: *Als die Steine noch Vögel waren* (1998), *Und dahinter das Meer* (1999), *Abschied vom roten Haus* (2000), *Schon vergessen. Eine Schusselgeschichte* (mit Bildern von Martina Mair, 2001), *In Afrika war er nie* (2003) und *Die Fremde im Garten* (2005, ausgezeichnet mit dem ›Luchs‹ der Wochenzeitschrift *DIE ZEIT* sowie auf der Empfehlungsliste der ›Besten 7‹ von *Deutschlandfunk* und *Focus*).

Die Verse auf Seite 173 stammen von Emily Dickinson in der Übertragung von Lola Gruenthal: Emily Dickinson, *Guten Morgen, Mitternacht. Gedichte und Briefe*, Berlin 1987.